섬에서
부르는
노래

섬에서 부르는 노래

손세실리아 산문집

강

차 례_

제주에 美치다 7
나의 심미안은 책으로부터 왔다 16
황금빛 서정 24
노래는 내 시의 내재율 30
어느 제대병의 고백 38
시가 된 영화 46
내 마음도 지옥 53
이래서 인생 59
탕진을 부추기다 63
복순 씨 70
더 나은 세상을 향한 믿음 82
그림에 울다 88
컨베이어벨트 위에서 건넨 인사 95
맛있는데 유쾌하기까지 한 101
안동 여자, 김서령 106

나도 이런 카페의 단골이고 싶다 113
잘 가라, 가닿아라 인간 세상에 122
천국에서 지급된 재난지원금 127
박완서라는 선물 137
제주 바당이 낳곡 질룬 생 142
심금을 울리는 일 152
매혹과의 동행 160
고아의 노래 167
우리 시대의 지성, 한국 문학의 품격 178
나만 알고 싶은 곳 188
사랑과 토마토와 물거품과 장미를 노래하라 198
나는 지금 꿈을 살고 있다 206

작가의 말 212

제주에
美치다

나는 제주에 산다. 물설고 낯선 섬으로 이주한 지 여러 해째다. 지금이야 중국인과 외지인의 폭력적이다시피 한 부동산 매입으로 인해 공간을 확보하는 일이 어렵기도 하려니와 설사 있다손 쳐도 값이 천정부지로 치솟아 입도(入島) 열망을 포기하는 게 다반사지만 그 당시만 해도 곳곳에 공한지와 폐가가 널려 있어 비교적 쉽게 실행할 수 있었으니 나로선 행운이라 아니할 수 없다. 하지만 이 같은 현상에 대해선 심히 유감이란 게 솔직한 심정이기도 하다.

세월의 폭격에 맥없이 내려앉은 석면 슬레이트 지붕, 푹푹 꺼진 구들장, 뼈대 앙상한 흙벽, 뜯어져 나간 대문, 무성한 풀로 점령당한 마당⋯⋯ 버려져 온전한 구석을 찾아보기 힘든 집을 겁도 없이 단숨에 매입했다. 인터넷에 떠도는 사진을 보자마자 비행기를 타고 내려와 홀린 듯 순식간에 저질러버린 사건이다. 구글 지도를 검색해 공항에서 현장까지 동행한 제주 토박이 후배는 이를 두고 금방이라도 뭔가 튀어나올 것만 같은 찜찜한 집을 마치 소풍날 보물찾기 쪽지를 발견한 초등학생처럼 들뜬 표정으로 둘러보는 내가 이해는커녕 오싹하기까지 하더란 후일담을 들려줘 파안대소하기도 했다.

기존 뼈대를 건드리지 않고 보존하면서 카페 용도로 변모시키는 공사가 수개월에 걸쳐 진행되자, 고칠 비용으로 새로 지을 일이지 웬 헛짓거린지 알 수 없다는 수군거림과 집 같지도 않은 집을 속아서 살 때부터 알아봤다는 둥, 세상 물정 어두워 길게 고생할 거라는 둥 비아냥이 속출했다. 하지만 그때마다 '그래, 내가 생각해도 내가 미쳤는데 당신들 눈엔 오죽하겠나' 싶어 맞대응을 삼갔다.

저자 서명이 든 시집으로 벽면을 채웠다. 가장 값진 재산을 익명의 방문객을 위해 내놓은 것이다. 시를 모르거나, 시로부터 멀어진 이들에게 시 한 편의 위로와 시집 한 권의 여유를 선물하고픈 소박한 간절함이 훼손과 분실의 우려보다 앞섰기에 가능했던 일이다. 여하튼 이러저러한 우여곡절 끝에 문을 연 국내 최초의 시집 카페. 만조 땐 수상 가옥이 되고 썰물 땐 잠겨 있던 너럭바위가 펄 위로 모습을 드러내 한 점 수묵화로 변하는 백 년 누옥, 한때 들쥐와 길고양이와 붉은발말똥게가 기거하던 빈집이 문화 공간으로 거듭나 사랑받기 시작하자 미쳤다 조롱하던 이들의 태도가 백팔십도 달라졌다. 하지만 그들의 관심사는 맙소사! 부동산 시세에만 있으니.

"여긴 평당 얼마예요? 많이 올랐지요? 나도 그때 샀어야 하는 건데…… 매물 나오면 연락 좀 주세요."

대부분 공간의 가치보다는 치솟은 땅값, 집값에 관심이 많다. 물론 부러움일 테다. 그 심정 모르는 바 아니지만 이와 같은 질문을 받을 때마다 모욕으로 받아들여지곤 하는 건 왤까?

'미쳤다'라는 말엔 단 한 번도 과민 반응을 보이지 않았었는데 '부럽다'라는 말은 어째서 유쾌하게 받아들여지지 않는 걸까? 어쩌면 그간 가까이에서 지켜본 외지인들의, 소위 말해 치고 빠지는 전략적 투기 때문일 확률이 높다. 제주에 대한 판타지와 이주에 대한 열망을 빙자해 투자 아닌 투기를 일삼다가 소기의 목적을 달성하고 나면 고급 외제 승용차를 배에 싣고 미련 없이 뭍으로 향하는 일이 다반사니 말이다.

지금은 종영된 「아빠 어디 가」라는 TV 프로그램이 있다. 출연진 중 윤후라는 귀엽고 사랑스럽기까지 한 꼬마가 피자를 먹고 간 이후, 근 7개월여 피자! 피자! 피자! 행렬로 몸살을 앓는 지경에 처하게 됐다. 허기진 이들을 위해 고작해야 하루 두서너 장 굽던 메뉴인데, 프로그램과 아이의 유명세 때문에 피자집으로 알려져 곤욕을 치른 게다. 고백하거니와 행복하지 않았다. 시가 깃들 고요가 바닥나버렸기 때문이다. 결국 그해 5분의 1 정도 문을 닫았다. 그런 내게 "물 들어왔을 때 물 받아야지, 뭐 하는 짓이냐?" 조언하는 이도 있었지만 새겨듣지 않았다. 내가 생각해도 미쳤다.

간혹 단체 예약 문의를 받기도 하는데 그럴 때마다 정중히 거절하곤 한다. 일단은 소란스러워지는 걸 원치 않고, 어렵사리 방문한 소수의 손님이 앉을 자리가 없어 돌아서는 걸 원치 않아서다. 은행 빚쟁이 주제에…… 그래, 나 미쳤다.

피자의 부재를 책으로 대신했다. 그것도 출판사나 대형 서점으로부터 애물단지 취급인 시집으로. 그래도 뭔가는 차별화를 시도해야겠다 싶어 궁리 끝에 저자들이 직접 서명한 친필 사인본 전문 책방을 카페 안에 들였다. 대형 서점에서조차 설 자리를 잃어가는 시집을 현금으로 구입해 출입구 정중앙에 배치하자 평소 경영엔 참견하지 않던 가족들조차 혀를 찼다. 서명을 받았으니 반품조차 불가라는 걸 알고 우려가 컸던 게다. 재삼 수긍한다. 그래, 미쳤다.

개업 초기부터 불규칙적 휴일, 들쭉날쭉한 영업 시간을 고수하자 얼마 못 가 망할 거라고들 했지만 사람과 사람 사이에도 아름다움의 거리가 필요하고, 공간도 사람처럼 한 달에 일주일 정도는 휴식이 필요하단 판단을 꺾지 않았다. 미쳤다, 미치지 않고서야.

그런데 천만 다행히도 내 주변엔 미친 사람이 여럿이다.

비정상적인 경영을 이해하고, 심지어 존중까지 해주는 이들 말이다. 출연료와 입장료 없이 진행되는 고품격 문화 행사도 그러하고, 궂은일 묵묵히 거들어주는 가족 같고, 때론 주인 같은 짱짱한 뒷배들이 또한 그러하다. 번번이 헛걸음하면서도 푸념하는 법 없이 재방문하는 인연법 고수들도 그러하고, 누가 사겠나 싶은데 어찌어찌 완판을 기록하는 시집도 그러하다. 실로 미쳤다. 손님도 주인도 미친 거 맞다. 미쳤긴 미쳤는데 정확히 말해 美쳤다. 오, 놀라워라, 한글을 한자로 변환했을 뿐인데 마술처럼 적확한 표현이 되다니.

나는 제주 이주민이다. 제주시를 제주詩라 읽을 만큼 美쳐서 살고 있다. 행여 제주 이주를 꿈꾸는 청년들이나 은퇴 이후 제주에서의 정착을 설계하는 이들이 있다면 당부드린다. '땅 한 평 값'에 대해 궁금해하지 말고 '행복 한 뼘의 가치'를 우선

시하시라. 여행자들께도 당부드린다. 속물적인 작태에 넌더리가 나 외지인을 외지 것이라 폄하하는 도민들의 심정을 십분 헤아려 어딜 다니든 예의를 갖추시라.

제발이지 제주에서는 미치지 말고 美치시라.

섬*

네 곁에 오래 머물고 싶어

안경을 두고 왔다

나직한 목소리로

늙은 시인의 사랑 얘기 들려주고 싶어

쥐 오줌 얼룩진 절판 시집을 두고 왔다

새로 산 우산도

밤색 스웨터도 두고 왔다

떠나야 한다는 걸 알면서도

그날을 몰라

거기

나를 두고 왔다

---

* 손세실리아, 『꿈결에 시를 베다』, 실천문학, 2017.

나의 심미안은 책으로부터 왔다

간혹 듣는 질문이다.

"어릴 때부터 시인을 꿈꾸셨나요?"

"건축과 그림 공부를 따로 하셨지요?"

그럴 때마다 아니요, 또는 글쎄요, 식의 단답으로 상황을 모면하곤 했다. 왜냐하면 잘 모르는 이들에게 나를 장황하게 설명하는 일이 소모적이게 느껴지기도 하거니와 어떤 것도 작정하고 뛰어든 적 없는지라 자칫 중언부언에 그치고 말 것 같아서다. 그렇게 지내던 어느 예기치 못한 순간, 호기심 어린 물음에 대한 답을 찾았으니, 책이 그것이다. 혹한의 날씨에 초행인 소읍에 내려갔다가 행사 장소를 찾지 못해 한참을 헤매면서도 언 손에 쥐어져 있던 책 말이다.

맞다, 한글을 깨우치고부터 어느 한순간도 책을 손에서 놓아본 적 없었던 게다. 활자중독증처럼 닥치는 대로 탐닉했다. 동화책 한 권 사줄 형편이 안 된 문맹의 홀어머니 슬하에서 자랐으나 신기하게도 어딘가에 늘 책이 있었다.

앞뒤 표지와 속지가 훼손된 채로 나에게 온 펄 S. 벅의 『대지』는 운명 같았고, 며칠 먹고 잔 하숙비 대신 검은색 인조가죽 표지로 된 『약초도감』을 방바닥에 두고 줄행랑쳤던 청년 덕분에 야생 약초의 종류와 모양과 효능에 대해서도 주먹구구식으로나마 습득했다. 어디서 굴러와 내 책꽂이에 꽂혀 있었는지 모를 『커피를 드릴까요 나를 드릴까요』를 옆집 남자 동급생에게 빌려줬다가 괜한 오해를 샀던 해프닝도 기억난다. 라디오 프로그램에 사연을 보냈다가 연말 장원으로 채택돼 부상으로 받았던 한국현대문학전집, 세계문학전집의 감동은 또 어떤가.

나의 제주 이주는 걷기 여행의 열풍을 일으킨 제주 올레 개장식에 게스트로 참석한 인연에서 생긴 제주앓이에서 비롯됐다. 풍광이 아닌 삶으로서의 제주를 보고 나니 정주하고 싶은 바람이 간절해졌기 때문이다. 불편하고 누추할지라도 언제든 예약이나 체크인 없이 숙박이 가능한 오두막을 갖고 싶었으나 이런 인연이 쉽게 닿진 않아 여러 해를 기다려야만 했다. 이토록 오랜 간절함에 섬이 마음을 열었던 걸까? 정말이지 그런 집이 나에게로 와줬으니 말이다.

여차저차 인연으로 맞춤한 집을 만났으나 말이 집이지 실제는 붕괴 직전인 폐가였다. 오랜 세월 인간들로부터 홀대받아 상처투성이인, 그런 집에 한눈에 홀렸으니 숙명일 테다. 잔디와 꽃나무를 식구로 들이고, 기둥을 보강하고, 파손된 문짝을 교체하고, 바다로 향한 현무암 집담을 낮추는 등 공사가 진행되는 동안 돌멩이 하나, 마룻장 한 쪽 버리지 않았다. 백 년 누옥의 자산이며 역사이니 무엇으로든 재활용하려 했다. 마당의 주춧돌은 집담으로 거듭났고, 마룻바닥은 탁자로 재탄생되었다.

수시로 체온을 나누고 말을 걸고 눈을 맞추길 10여 개월, 집이 비로소 집다워졌다. 잔디는 제법 초록초록하고 다년생 풀꽃인 가자니아는 열 몫을 해냈다. 눈앞에서 펼쳐지는 썰물과 밀물의 변화, 숭어의 도약, 까치복과 저어새와 바다직박구리와 가마우지와 갈매기의 군무, 이 땅 어디보다 아름다운 저녁놀과 그 밖의 것들도 덩달아 활기를 찾았다. 그제야 깨달았다. 이 집을 내게 보낸 건 누군가의 섭리임을, 내가 이곳을 찾은 게 아니라 집이 나를 불러들였음을.

불혹 즈음에 시인이 되었고, 지천명 즈음에 책방&카페를 시작했다. 그리고 언젠가부터 빈 벽에 소장품을 전시해 갤러리도 겸하고 있다. 이 모든 것, 책으로부터 출발했다. 읽다 보니 늘 무언가를 끼적이고 있었고, 읽었을 뿐인데 음악과 그림이 들리고 보였다. 아무도 거들떠보지 않던 버려진 집의 사연이 읽혔고, 방문객의 지갑보다 마음이 열리길 바랐다. 타자의 내면을 꿰뚫는 내 안의 깊은 우물 같은 눈은 또 어떤가.

다만 읽었을 뿐인데…… 좋아서 읽었을 뿐인데 말이다.

이 글의 제목은 어느 해 가을, 전주 한옥마을 완판본문화관에서 열린 독자들과의 만남 때 강의 타이틀로 삼았던 것인데, 한번쯤 글로 정리해두는 것도 의미 깊겠다 싶던 차에 서초반포도서관 웹진의 청탁이 있어 아예 제목으로 삼았다. 왜냐하면 강의를 준비하면서 정확도를 기하기 위해 심미안을 검색했다가 지금까지 미루어 짐작해오던 한자가 아님을 알고 놀랐던 기억이 아직 또렷하기 때문이다. 심미안(心美眼) 또는 심미안(深美眼)일 거란 막연한 예상을 뒤집고 살필 심(審)을 앞세운 심미안(審美眼)이었던 것이다. 그때의 놀람이라니, 신선함이라니. 뜻인즉, 아름다움을 살펴보는 안목이란다. 말하자면 단순하게 아름다움을 보거나, 깊게 들여다보는 눈에서 그치는 게 아니라 그것을 뛰어넘는 시적 상징이 내포된.

책과 관련된 명언은 헤아릴 수 없이 많다. 그중 평소 즐겨 읊조리곤 하는 문장이 있는데 바로 영국 빅토리아조를 대표하는 시인 로버트 브라우닝이 남긴 말이다. 이로써 글을 맺음하며 총총.

책은 남달리 키가 큰 사람이요, 다가오는 세대가 들을 수 있도록 소리 높이 외치는 유일한 사람이다.

바닷가 늙은 집*

제주 해안가를 걷다가
버려진 집을 발견했습니다
거역할 수 없는 그 어떤 이끌림으로
빨려들 듯 들어섰던 것인데요 둘러보니
폐가처럼 보이던 외관과는 달리
뼈대란 뼈대와 살점이란 살점이 합심해
무너뜨리고 주저앉히려는 세력에 맞서
대항한 이력 곳곳에 역력합니다
얼마 남지 않은 나의 생도 저렇듯
담담하고 의연히 쇠락하길 바라며
덜컥 입도(入島)를 결심하고 말았던 것인데요
이런 속내를 알아챈
조천 앞바다 수십 수만 평이

---

* 손세실리아, 『꿈결에 시를 베다』, 실천문학, 2017.

우르르우르르 덤으로 딸려 왔습니다

어떤 부호도 부럽지 않은

세금 한 푼 물지 않는

황금빛 서정

변시지는 제주를 가장 제주답게 그린 화가다. 최소의 선과 색으로 나무와 바람과 돌담, 조랑말과 까마귀, 하늘과 바다와 잠녀(해녀의 제주어), 심지어 지팡이 짚은 더벅머리 자화상까지 더할 것도 덜할 것도 없이 화폭에 담아냈다. 채움과 현란함과 일체의 이즘을 지양하고, 권위와 위세와 호들갑스러움과 엄살 또한 지양한 반면, 비움, 휨, 묵묵, 그리움, 고립, 절망, 기다림 등등을 끝없이 지향한다. 제주의 높고 푸른 하늘과 깊고 푸른 바다에서 지금까지의 상식과 상투적인 빛을 과감히 배제하고 황토와 황금의 작렬하는 빛을 길어 올린 최초의 화가.

1975년, 제주도로 오는데 그때 비행기 위에서 본 제주의 풍경이 바로 황금빛이었다. 나도 그때까지 제주라고 하면 푸름을 떠올렸는데, 석양에 물든 바다나 땅이 모두 황금색으로 변할 때, 풍요로움을 뛰어넘어 경외감까지 느껴졌다. 노란색은 굉장히 화려한 색이다. 화려한 색으로 우리 정서를 표현하는 것, 어쩌면 그것이 나에게는 숙명이었다.(92쪽)

작품 활동을 시작한 1943년부터 작고한 2013년까지를 일본 시절, 서울 시절, 제주 시절(초기 · 중기 · 후기)로 일목요연하게 정리해놓은 화집 『변시지』(송정희 글, 변시지 글 · 그림, 누보, 2020)가 세상에 나왔다. 화집 준비 소식을 바람결에 접한 지 2년 만이다. 곧 나올 것 같던 책이 해가 지나도 감감무소식이자 처음엔 조바심을 치다가 나중엔 슬슬 불안해지기 시작했다. 편집 과정에 어떤 난관이나 변수가 생겨 수포로 돌아간 건 아닐까 싶어서였다. 그만큼 관심이 컸다는 뜻이다. 이렇듯 적잖은 기다림 끝에 나에게로 온 책은 편집부터 작품의 해상도, 작가의 말과 글, 어느 하나 기대를 저버리지 않는 퍼펙트함으로 보상해주었다. 화가의 이모저모를 탐독하는 동안 황금빛 풍랑이 나를 덮쳤다. 고작해야 몇 점의 그림에 홀렸을 뿐인 내게 이 책은 거부할 수 없는 침례라 해도 과언이 아니었으니.

스승 데라우치 만자로에게 그림을 배울 당시, 난 늘 두 장의 그림을 한 번에 그렸다. 한 장은 스승의 가르침대로 그렸고, 또 한 장은 나의 의도대로 그렸다. 나의 의도대로 그린 그림은 스승에게 인정을 못 받았을 때도 있었다.(61쪽)

일본인 문하생들 속에서 스승의 가르침을 받되, 개성을 잃지 않기 위한 자발적 노력 앞에선 박수를 보내다가, 신체의 일부처럼 등장하는 지팡이를 짚게 된 연유에 대한 언급엔 마음이 밟힌다. 일본 체류 당시 겪은 일이기에 더더욱.

일본 소학교 2학년 시절, 덩치가 두 배쯤이나 크고, 힘이 장사였던 상급생 학생과 씨름 대회를 하다가 오른쪽 대퇴부의 관절을 다치는 사고를 당했다. 극심한 통증으로 혼절했고 치료를 받았지만 병원에서 회복 불가능하다는 진단을 받았다.

그에게 그림은 그렇게 시작되었다. 다른 아이처럼 맘껏 뛰어놀 수 없었던 그가 매달릴 수 있는 놀이가 그림이었다. 그림이 그의 벗이 되어주었고 지팡이는 그의 벗의 벗이 되어주었다. 굽은 그의 등을 닮은 지팡이, 그가 평생 남겨놓은 지팡이는 6개지만, 작품 속에 남기고 간 지팡이는 족히 수백 개다.(215쪽)

지팡이가 그림에서 갖는 미학은 실로 어마어마하다. 외로움의 극한인가 하면, 노경(老境)의 아름다움으로 해석되기도 하고, 사나운 태풍에서 보호해주는 버팀목인가 하면, 자화(自畫)에 있어선 신의 묘수 같게도 비치기 때문이다. 게다가 휘어진 지팡이라니. 하긴 그의 그림엔 수평선도 돌담도 소나무도 까마귀의 부리도 사람의 등도 풍랑도 조랑말의 목덜미도 휘어지고 구부러지고 숙여져 있다. 태양도 조각배도 길도 낚싯대도 그러하다. 여기서 곡선은 유연한 힘을 갖는다. 보는 이로 하여금 풍경 속으로 느릿느릿 걸어 들어가 기웃거리고 드리우고 올려다보고 헤엄치고 짚고 걷고 쓸쓸해하고 웅크리고 응시하는 등 일체감을 갖게 한다. 그리하여 평면의 소극적 감상에 머물지 않고, 황금빛으로 일렁이는 심연까지 동행해 종국엔 입체적 감동에 이르게 한다. 그의 그림이 처음부터 이토록 매혹적이었을까?

작품이 안 되니 술로 배를 채웠는데, 하루만 술을 마시지 않아도 못 살 것 같은 폭음의 세월이었다. 심야에 바다의 자살바위 근처를 배회하는 경우도 허다했고, 신내림 현상을 체험하기도 했다. 그러나 무서운 열병에도 불구하고, 나는 캔버스와 맞서 싸웠다. 붓을 꺾는다는 것은 예술적 패배를 의미했기에 비수처럼 박혀 드는 고통을 물리치고 붓을 들었다.(83쪽)

칠흑 같은 긴 터널을 지나 50세에 이르러서야 비로소 고향 제주의 척박한 삶, 역사적 고통에 개안(開眼)한 뒤 제주인이 이상향으로 삼는 이어도를 화폭에 담아낼 수 있었던, 극사실주의와 검은 서정을 지나 황금빛 서정에 도달한 변시지. 초가집도 빼고, 까마귀도 빼고, 사람도 빼고, 빼고, 빼고, 빼고 하늘과 바다만 그린 화가. 그것마저 빼고 배 하나 그려놓은 화가. 그러다 그마저 빼길 바라던 화가.

"그러다가 하나를 넣기도 한"

제주에 가거든 황금빛 서정에 깃들 일이다.

지팡이에 더벅머리를 한 등 굽은 화가의 일생과 마주할 일이다.

그것만으로도 제주 여정은 더할 나위 없을 것이므로.

노래는
내 시의 내재율

나의 청소년기를 비교적 소상히 기억하는 동향 또래들과 만날 때면 이구동성으로 가수가 될 줄 알았는데 시인이 돼서 의외라고들 한다. 교내 합창단과 교회 성가대에서 솔리스트를 도맡았을 정도였고, 지휘자로 활동한 이력도 있는데다, 결혼식 축가를 부탁받아 인근 지역까지 원정을 다닐 정도였으니 당연히 그럴 수 있겠다. 하지만 엄밀히 말해 남들보다 조금 잘 부를 정도였다 뿐이지, 그것을 업으로 삼을 만큼 출중하지는 않았다는 게 그 시절 내 노래에 대한 자평이다. 적어도 조수미의 「나 가거든」을 만나기 전까진 그러했다.

노래는 어느 봄날, 운명처럼 내게로 왔다.

"음색이 어울릴 것 같으니 한번 들어봐."

G선배가 CD를 건넸다. 짐작건대 어느 자리에선가 내 노래를 들었던가 보다. 제목을 말하는데 생소해하자 드라마 「명성황후」의 OST란다. TV와 담쌓고 지낸 지 오래인 나로선 모르는 게 당연. 조선 말기 대한제국 고종의 황후였던 명성황후의 삶을 재구성한 드라마인데, 소프라노 조수미가 불렀다는 설명까지 친절하다. 도대체 어떤 곡이기에 나를 떠올린 걸까?

이경섭 작곡 · 강은경 작사, 「나 가거든(If I Leave)」.

1895년 음력 8월 20일 새벽, 일명 '여우사냥'이라 명명한 일본의 보복성 정치 테러로 낭인(일본 방랑 무사)들의 칼에 처참히 시해된 조선의 국모 명성황후의 심경을 표현한 노래다. 몇 줄 가사는 평이한 반면, 속에 피를 토하는 듯한 절규와 담담한 독백을 동시에 담아내고 있어 대중적 호소력이 강하고, 작곡은 클래식에 버금갈 만큼 예술성 짙은 발라드다. 대중성과 예술성이 이토록 절묘하게 어우러진 대중음악이 한국 가요사에 몇이나 될까 싶을 만큼 놀라운 노래다. 굳이 익히려 노력하지 않았는데 듣자마자 단숨에 각인이 돼버려 한동안 깊이 슬프고 몹시 아팠다면 믿어질까? 마치 빙의한 것처럼 그러했다면 이해될까? 한데 이상하게도 그게 일시적 현상에서 그친 게 아니라 부를 때마다 그렇다는 데 문제가 있다. 마치 죽음을 예견한, 죽음을 앞둔…… 하여, 특별한 경우가 아니면 이런저런 핑계를 붙여가면서 피하곤 했을 정도다. 하기야 생의 비참한 최후를 예견한 국모의 회한과 절규를 어찌 유행가처럼 농익게, 혹은 아무렇지도 않게 고통 없이 가창력과 기교만으로 열창할 수 있겠는가. 각설하고, 이 노래를 통해 내가 부르는 노래가 나 자신을 포함 타인의 심금까지 울릴 수도 있다는 걸 처음 알게 됐으니 애창곡(愛唱曲)이 곧 애창곡(哀唱曲)인 셈이다.

쓸쓸한 달빛 아래 내 그림자 하나 생기거든
그땐 말해볼까요 이 마음 들어나 주라고
문득 새벽을 알리는 그 바람 하나가 지나거든
그저 한숨 쉬듯 물어볼까요 난 왜 살고 있는지

나 슬퍼도 살아야 하네
나 슬퍼서 살아야 하네
이 삶이 다하고 나야 알 텐데
내가 이 세상을 다녀간 그 이유
나 가고 기억하는 이
나 슬픔까지도 사랑했다 말해주길
—「나 가거든」 부분

"나 슬퍼도 살아야 하네. 나 슬퍼서 살아야 하네."

"슬퍼도" 살아야 하고, "슬퍼서" 살아야만 했던 애달픔이여 비통함이여.

비운의 황후여.

「나 가거든」은 소설가 이현수의 장편소설 『신기생뎐』에도 등장한다. 행사 뒤풀이에서 딱 한 번 불렀을 뿐인데 그걸 기억하고 있던 선배가 이른 아침 전화를 걸어 대뜸.

"잠자는 걸 깨웠지? 미안! 실은 부탁이 있어서…… 지난번 행사 뒤풀이에서 세실리아가 불렀던 노래 있잖아. 그 노래가 뭐야? 지금 불러줄 수 있어? 뜬금없지? 실은…… 소설에 넣으려고."

다른 이유도 아니고 작품에 올리겠다는데 열창까진 아니더라도 부를 수밖에. 그러나 잠에서 덜 깬 목소리라 시원찮았던지 이틀 뒤 다시 전화를 했다. 그땐 전화기를 붙들고 '느낌, 느낌!'을 살려가며 원하는 대목을 무한 되풀이하며 불렀다. 내가 노랠 부르면 현수 선배는 이를 펜으로 받아 적었는데, 쉼표와 늘임표와 박자와 호흡까지 세밀하게 체크하는 것만으로는 직성이 풀리지 않았던지 음의 높낮이와 소리의 강약까지 기록하고는 그제야 고맙다며 전화를 끊었다. 이리하여 내 노래가 기생집 부용각의 마지막 기생 미스 민의 입을 통해 수많은 독자와 만나게 된 것인데…… 피차 문인이기에 가능했던, 흡사 시트콤의 한 장면과도 같은.

가끔 노래를 청해오는 지인들이 있다. 물론 아주 오래 교분을 쌓은 경우가 대부분이어서 편하게 들어줄 수 있음에도 불구하고 갖은 구실을 대면서 피하곤 한다. 어떤 때는 급한 용무가 있는 것처럼 아예 잠시 자리를 떴다가 화제가 다른 곳으로 전환되면 슬그머니 돌아오는 식으로 상황을 모면하기도 한다. 그깟 노래 한 곡 부르는 게 뭐 그리 대단하고 힘들어서 그러는 건지 도무지 이해할 수 없다는 핀잔을 면전에서 노골적으로 받을 때도 있지만 감내하곤 한다. 마음이 동하지 않으면 소리가 나오지 않는 걸 난들 어쩌랴.

고향 J시 시립합창단에서 잠시 활동하기도 했던 나는 사실 대중음악보다는 성악 쪽에 가까운 성량과 음역대를 가졌다. 그런 탓에 대중적 여흥과는 거리가 멀어 가끔 분위기를 썰렁하게 만들기도 한다. 예를 들어 기껏 심수봉의 「미워요」를 불렀는데 듣는 이는 조수미의 「미워요」를 듣게 되는 꼴이랄까? 노래방 스타일은 아니란 말이다.

고백하거니와 처음부터 노래가 부담스러웠던 건 아니다. 앞에서도 언급했듯 노래는 청소년기부터 시인이 되기 전까지 무엇과도 바꿀 수 없는 내 삶의 소중한 가치였으므로 오히려 그것을 만끽했다 해도 과언이 아니다. 그랬던 것이 문단 데뷔 후 달라진 것이다. 작품보다는 노래로 남의 입에 자주 오르내리는 것 같아 자괴감에 빠져들었던 게 그 이유다. 시인이면 마땅히 대표 시가 떠올라야 하는데 노래라니…… 민망하기도, 부끄럽기도 해 오죽했으면 근 1년여 문단 출입을 삼갈 정도였으랴. 그런데 아이러니하게도 노래로 인해 생긴 압박감과 자격지심이 내겐 시작에 천착하는 계기가 됐으니 이 또한 얼마나 행운인가 말이다. 이래저래 노래는 내게 행운의 정령이다.

그러나 신은 공평하다. 발표 시가 간혹 평단에 오르내리게 되고, 무명 신세를 겨우 벗어났다 싶을 즈음, 기다렸다는 듯 목에 이상이 생긴 것이다. 레이저 시술을 마친 의사는 소리를 아껴야 한다는 처방을 내렸다. 간과했다간 소리로 인해 평생 고생하게 될 거란 엄포를 뒤로한 채 병원 문을 나서는데 소리 일부를 잃었다는 안타까움보다 가수가 되지 않은 것이 천만다행이란 생각과 함께 시인으로서의 여정을 예비해둔 신께 감사하는 마음마저 들었다.

내 노래 중 기억에 남는 열창의 순간을 되돌아본다. 다시는 부르지 못할…… 그러나 전혀 애석하지 않은 애창곡(愛唱曲)이자 애창곡(哀唱曲). 지금은 내 시의 내재율이 된.

탄생 100주년 문학인 기념문학제에서 부른 「가고파」「사랑」.

가수 이동원 선생 디너쇼 무대에서 부른 「립스틱 짙게 바르고」.

고국인 팔레스타인으로 돌아가는 자카리아 무함마드(Zakaria Mohammad) 시인을 위해 한강 유람선 선상에서 불렀던 「이별노래」.

그리고…… 맨발로 빙의된 듯 열창해 문단의 조수미라 불리기도 했던 「나 가거든」.

어느 제대병의 고백

서가를 둘러보는 청년에게 물었다.

"책을 좋아하시나 봐요"

"아뇨. 시간이 남아서요."

대단히 솔직한 대답에 도리어 머쓱해져 질문을 후회하고 있는데, 그사이 『끌림』(이병률 산문집, 달, 2010)을 꺼내 한참을 내려다보더니만 좀 전과는 딴판인 표정과 목소리로 이번엔 청년이 내게 말을 걸었다. 아니 줄줄 쏟아냈다.

"와— 저, 이 책 알아요. 군 복무 중 힘들 때마다 읽었으니 아마 수십 번은 읽었을 거예요. 어디로 튈지 모를 나를 다독여주고, 바로잡아준 큰형 같은 책인데 여기서 만나니 감개무량합니다."

저절로 외워졌다며 몇 문장 들려주기까지 하는데 그 모습이 마치 모노드라마에 등장하는 배우의 열연과 다르지 않았다. 낭송은 랩인가 싶으면 발라드로, 독백인가 싶으면 통성기도로 이어졌으며, 표정은 현역병으로 회귀한 듯 아득했으니.

> 열정은 강 하나를 사이에 두고 건넌 자와 건너지 않은 자로 비유되고 구분되는 것이 아니라, 강물에 몸을 던져 물살을 타고 먼 길을 떠난 자와 아직 채 강물에 발을 담그지 않은 자, 그 둘로 비유된다.
>
> 열정은 건너는 것이 아니라, 몸을 맡겨 흐르는 것이다.
>
> —「'열정'이라는 말」에서

누군가의 인생에 이토록이나 절대적인, 그것도 착한 영향력을 끼치는 작가가 몇이나 될까? 아니 그런 책이 세상에 얼마나 될까? 언젠가 인연이 닿는다면 작가에게 전해줘야지 싶어 기억 공간에 속사포처럼 캡처했다. 물론 이런 속내를 눈치채지 못한 그의 열연은 계속됐고.

내 인생은 왜 이럴까라고 탓하지 마세요. 인생에 문제가 있는 게 아니라 '나는 왜 이럴까……'라고 늘 자기 자신한테 트집을 잡는 데 문제는 있는 거예요.

—「왜 이럴까」에서

낭송을 마친 청년은 말했다. 그 시절 실연 때문에 무척 힘들었다고, 변심한 그녀에 대한 원망보다 그녀를 등 돌리게 만든 원인이 본인의 무능 때문인 것 같아 참을 수 없었다고. 그런데 절망과 슬픔에 빠져 휘청거릴 때마다 버팀목이 되어준 멘토 같은 책을 선물해준 이가 그녀였다니 얼마나 아이러니한가.

인생이란 참.

"이병률 시인에 대해 아세요?"

"시인이요? 여행 작가 아닌가요?"

"산문집이 많이 팔려서 그렇게 알고 있는 독자들이 많은데 본업은 시인이에요. 산문이 이렇게 빼어나니 시는 얼마나 더

좋겠어요. 다음엔 시집도 꼭 읽어보세요."

2005년 출간 이후, 줄곧 스테디셀러인 이 책은 독자들에게 여행 서적으로 알려져 있다. 지구촌 구석구석을 누비며 직접 촬영한 사진에, 현지의 흔치 않은 경험이나 특별한 인연을 기술했기 때문이리라. 그러나 여행이라는 장르만으로 규정짓기엔 어쩐지 아쉽다는 게 내 생각이다. 인생을 미학적이고도 문학적인 사유로 담아낸 매혹적인 글이기 때문이다. 여행지에서의 단상에서 그쳤다면 나이 불문, 성별 불문, 직업 불문, 숱한 기타 등등을 불문한 전폭적 관심과 사랑을 받을 순 없었을 터. 예순일곱 편의 이야기를 통해 읊조림과 신음과 노래와 기도, 한숨과 그늘과 상처, 자유와 사랑과 이별과 화해…… 이 모든 와중에도 끝끝내 포기하지 않는 삶이라는 최고이자 최대인 선물을 문학적 진술로 담담히 풀어낸, 읽노라면 어느새 작가와 이심전심이 되고 마는 놀라운 일체감, 그리고 친밀감.

산문집을 손에서 내려놓은 청년에게 『바다는 잘 있습니다』(이병률 시집, 문학과지성사, 2017)를 들려줬다. 몇 편이라도 읽었음

싫어서다. 교과서 이외의 시는 아는 게 없고, 심지어 시집은 사본 적도 선물 받은 적도 없다며 머뭇거리더니 금세 빠져드는 눈치다. 곁눈으로 슬쩍 훔쳐본 페이지엔 시 「여행」.

그 때문이었을까? 결국 청년은 태어나 처음이라며 시집을 샀다.

여행*

어느 골목 창틀에서 본 대못 하나
집에 가져다 물잔에 기울여 세워놓았더니
뚝뚝 녹가루를 흘리고 있다

식당에서 먹다 버린 키조개 껍데기
뭐라도 담겠다 싶어 집에 가져왔는데
깊은 밤 쩌억쩌억 비명 소리가 들리기에
두리번거리다 안다
물 밖에 오래 나와 있어 조개의 껍데기가 갈라지고 있는
것을

나를 털면 녹 한 줌 나올는지
공기로 나를 바짝 말린 뒤 내 몸을 쪼개면 쪼개지기나 할

---

* 이병률, 『바다는 잘 있습니다』, 문학과지성사, 2017.

는지

녹가루를 받거나
갈라지는 소리를 이해하는 며칠을 겨우 보냈을 뿐인데

집에 다녀간 사람이 있는 것도 아니면서
이토록 마음이 어질어질한 것은 나로 인한 것인지

기어이는 숙제 같은 것이 있어 산다
아직 끝나지 않은 나는 뒤척이면서 존재한다

옮겨놓은 것으로부터
이토록 나를 옮겨놓을 수 있다니
사는 것은 얼마나 남는 장사인가

시가 된
영화

개인차가 있겠으나 내게 시작(詩作)은 어떤 의식과도 같아서 절대적 몰입을 요하는 고도의 내밀한 작업이다. 작업 도중 해찰을 한다거나 고요를 해치기라도 할라치면 빛의 속도로 달아나 자신을 완벽히 은폐시켜버리는, 그리하여 여간해선 호락호락 돌아오지 않아 애간장을 태우고 마는, 사람으로 치자면 까다롭고 질투심 많은 애인 같달까? 그에 반해 영화는 시와 정반대다. 자애롭고 너그럽고 무조건 품어준다. 필시 내 분야가 아니라서 그럴 게다.

시가 도무지 풀리지 않거나 요원할 땐 조바심치고 안달하기보다 영화관을 찾거나, 인터넷에서 영화를 몰아치기로 다운로드받아 감상하는 버릇이 있다. 가끔 단골 영화관인 광화문 '씨네큐브'까지 걸음할 때도 있지만, 대개는 네티즌들이 남긴 영화 후기나 평론가들의 영화비평 등을 참고해 외장하드에 저장해뒀다가 차례로 클릭해 빠져들곤 하는데, 적게는 대여섯 편에서 많게는 10여 편이 훌쩍 넘는 영화를 소유하고 있다는 사실 하나만으로도 세상에서 부러울 게 없는 기분을 만끽하곤 한다. 어디 그뿐인가, 넷플릭스와 왓챠와 캐치온은 또 어떤가. 예민해졌던 감각기관들이 거짓말처럼 말랑말랑해져 배시시 실소하곤 하니 이 정도면 영화 마니아라 해도 틀린 말은 아니리라. 심취하노라면 마감 스트레스 따위 까맣게 잊게 하는 마력으로 작동하는 영화. 혹자들에겐 이런 모습이 몰입이나 치열함과는 거리가 먼 나태함이나 직무유기쯤으로 비칠 수 있겠으나 그럴 리가. 오히려 시를 향한 비상구이자 심호흡이고 의식의 일부이기 때문이다. 애원한다고 돌아올 애인이 아님을 알기에 상대의 진심과 전심을 깨달아 제풀에 지쳐 스스로 돌아와주길 바라며 주저앉아 기다리는 길목…… 거기 늘 영화가 함께 있다.

"시가 한 편의 영화 같네요."

독자들로부터 간혹 듣는 말이다. 언젠가 한번은 충무로 진출이 꿈인 젊은 연출자로부터 시 「기차를 놓치다」를 단편영화로 만들고 싶은데 수락해줄 수 있냐는 연락을 받았던 적도 있을 정도다. 이후, 속속들이 알 바 없는 저간의 사정으로 유야무야돼 아쉽게도 '영화가 될 뻔한 시'로 종결되고 말았지만 상상 자체만으로도 충분히 설레고 행복했으니 내겐 '영화가 된 시'에 다름 아니다.

이는 해프닝으로 끝나버렸지만 반대로 나는 영화를 시로 쓴 경험이 있다. 일본 감독 도이 토시쿠니의 「침묵을 깨다」가 그것.

"전쟁터에 들어선 순간, 나는 괴물이 되었다."

이 같은 외마디로 팔레스타인의 고통을 전 세계에 고발한 이스라엘 군인들의 참담한 심경이 피력된 영화다. 팔레스타인을 점령한 이스라엘의 정치 현실 속에서 본인의 의지와는 무관하게 점점 무자비한 학살자이자 점령자로 변해가는 평범한 이스라엘 젊은이의 고해성사와도 같은 참회는 학살자와 피학살자의 이분법적 단순 규정이 얼마나 위험한지 시사하고 있다. 상대를 향해 총구를 겨눠 방아쇠를 당긴 순간, 자신 또한 피학살자에 다름 아님을 자각하게 된 나이 어린 병사의 공포 어린 절규가 엔딩 자막이 사라지고 난 이후로도 한참을 환청처럼 웅웅거려 견딜 수 없이 괴로웠음을 고백한다.

현대 아랍 시의 가장 모범적인 사례로 평가받는 자카리아 무함마드는 시의 도반이자 정신적 벗이다. 영화의 배경인 팔레스타인이 슬픈 역사를 가진 그의 모국인 까닭일까?「침묵을 깨다」를 보는 내내 공감의 폭은 이전보다 한층 깊어져 문득 멀고도 먼 곳에 사는 그의 안부가 궁금하고 그리워 자꾸만 아득아득해졌다. 반면 들려줬던 말은 또렷하게 떠오르고.

"나는 내가 목격한 전쟁들을 쉽게 헤아릴 수 없습니다. 전쟁은 늘 있었으니까요. 그러다 보니 인생이란 마치 두 개의 전쟁 사이에 끼어 있는 고요한 순간들인 것 같았습니다. 혹은 두 개의 고함 사이에 끼어 있는 작은 침묵인 것 같았지요.

그 전쟁들이 벌어지는 동안, 나는 늘 패배한 쪽의 캠프에 있었습니다.

나는 패배에 익숙합니다. 나는 패자들의 친구입니다."

그러나 그는 분명 알고 있을 것이다. 진정한 승리와 패배를 정의하는 건 역사의 몫임을.

그나저나 이 다큐 영화 후반부에 등장한 '뭉툭한 손목에 붕대를 친친 감은 한 중년 남성'은 이후 안녕하실까?

대로한 청년을 저지하느라 되풀이한 말이 세계 유일의 분단국인 대한민국 여성 시인에게 한 편의 시가 된 사실을 알기나 할까?

각설하고, 이러한 연유로 '시가 된 영화'.

어떤 말*

이스라엘군이 팔레스타인의 제닌 난민캠프를 자살 테러범의 온상으로 규정짓고 2주간이나 맹공격을 가했다 그러고도 직성이 안 풀렸던지 이틀 뒤 그나마 성한 건물마저도 불도저로 밀어 초토화시켜버렸다 콘크리트 잔해와 엿가락처럼 휜 철근을 헤집고 시신 발굴 작업이 진행되자 신음과 통곡과 실신이 이어졌는데 이를 지켜보던 자원봉사자 치베스 모레의 입에서도 단말마 같은 비명과 오열이 동시에 터졌다 바로 그때 대로한 청년이 꺼져버리라며 호통치기 시작했다 미국인이라는 사실에 반감을 품은 게다 그러자 뭉툭한 손목에 붕대를 친친 감은 한 중년 남성이 어떤 말을 반복했는데 이로 인해 흥분과 소요가 이내 잠잠해졌다 본국에 돌아와서야 뒤늦게 알게 된 신의 가호보다 관대한

---

* 손세실리아, 『꿈결에 시를 베다』, 실천문학, 2017.

우리가 고통받은 것처럼

저 여자도 고통받고 있다

내 마음도 지옥

나의 소확행은 문우들이 우편으로 보낸 신간을 받아 들 때다. 뭍을 떠나 섬에 정착한 지 오래지만 우리의 관계는 물리적 거리와 무관하게 여전하다는 시그널이기 때문이다. 봉투 겉면에 적힌 저자의 이름을 확인한 후 개봉 수순을 밟곤 하는데, 이때 손이나 문구용 가위보다 가급적 페이퍼 나이프를 사용하곤 한다. 이는 설렘을 최대한 느긋하게 만끽하고 싶은 마음이기도 하지만, 한편으론 저자에 대한 나름의 예우이기도 하다. 정작 궁금한 건 제목인데 봉투 따위나 만지작거리며 뜸을 들이는 심사라니. 이유라면 출간을 앞둔 작가와 편집자가 인쇄 직전까지 고심에 고심을 기울이는 작업이 바로 제목을 정하는 일임을 익히 아는 까닭이다. 여하튼, 이런 과정 끝에 부푼 기대감으로 제목과 대면하는 것인데, 두어 번 입 밖으로 소리를 내 읽어본 다음에야 비로소 책장을 넘긴다.

고대하던 책이 왔다. 일간지의 고정 필진과 저술 활동 등을 통해 이미 수많은 독자층을 확보하고 있으며, 심리 상담 및 다양한 치유 프로그램 기획을 통해 탁월한 공감 능력을 인정받은 이명수 선생이 평소 애정하는 수천 편의 시 가운데 82편을 고른 다음, 거기 공감과 응원의 메시지를 붙였는데 심리적 지옥에 처한 이들이 빠져나올 수 있게 도와주는 탈출 가이드북에 다름 아닌 책이다. 그런데 참으로 이상한 건 분명 책은 책인데 어느 순간 종이책이 아닌 무엇이라는 느낌을 받게 된다는 거다. 가령 치유의 처방전 같기도 하고 구명 튜브 같기도 한, 맞춤한 열쇠인가 하면 가만가만 다독여주는 따뜻한 손바닥이기도 한, 어린 시절 아버지의 등 같고 엄마가 차려낸 집밥 같은.

그런, 무엇!

사실 『내 마음이 지옥일 때』(이명수 엮음, 해냄, 2017)라는 제목에 대한 첫 느낌은 당혹, 그 자체였음을 이참에 이실직고해야겠다. 과하게 직설적이고 단순하며 단도직입적으로 여겨졌기 때문이다. 하지만 그것이 마음의 지옥을 발각당한 자의 방어적 불편이었음을 깨닫고 나자 오히려 은근한 위안과 뒷배로 여겨졌다. 책방 방문객들도 약속이나 한 듯 잠시 멈칫하며 뜸을 들인 다음 "지금 내 상태야! 어떻게 알았지?"라는 반응을 보이곤 하니 비단 나만 그런 건 아닌 게 분명하다. 이는 우리 주위에, 아니 내 곁에, 아니 내 안의 지옥에 빠져 허우적대는 자아가 무수히 많다는 반증일 터. 그렇지 않고서야.

'내 마음도 지옥!'은 지옥에 빠진 자의 다부지고도 능동적인 긴급 구조 요청 신호일지 모른다. 이제 그만 여기서 탈출하고 싶다는, 기어코 탈출하고야 말겠다는, 그러니 제발 손잡아달라는.

"시리아나 아우슈비츠처럼 객관적 지옥도 있지만 우리 마음속에는 수많은 주관적 지옥들이 있"다고 말하는 저자는 지옥 상태인지 아닌지 셀프 점검을 하고 싶어 하는 이들에게 열여섯 가지 항목을 제시하고 있다. 다음은 그중 몇!

징징거려도 괜찮다

기승전 '내 탓' 금지

자꾸 무릎을 꿇게 될 때

낭떠러지 같은 이별 앞에서

모두 내 마음 같길 바라면 뒤통수 맞는다

억울함이 존재를 상하게 할 때

상상 속에서는 어떤 증오도 무죄

그럴 줄 몰랐다면, 차라리 멈칫하라

자기 안방에 스스로 지뢰를 묻고

항목마다엔 각각 대여섯 편의 시를 배치해 자기 점검에 구체적이고 적극적으로 개입한다. 이는 립 서비스 차원의 추상적 위로와 격려를 넘어선 대단히 전문적인 심리적, 정신과적 개입이다. 그러니 주저하지도 의심하지도 말고 책장을 넘기시라. '교과서 이외엔 시를 읽어본 적도 없고, 좋아하지도 않는데 이해가 될까?' '시만 보면 골치가 지끈거리는데 더 혼란스럽지 않을까?' 묻고 싶은 이들도 분명 있을 게다.

그 질문에 대한 나의 답, 노 프러블럼!

이 책의 효용성을 복잡한 마음의 수월, 상처의 치유, 무릎 꿇은 자존감 회복, 무기력의 활력, 온갖 무의미의 의미 등으로만 국한한다면 협의적 해석이라 할 수 있다. 다만 책 한 권을 읽었을 뿐인데 어느새 성큼 키가 자라 영육 간의 버팀목이 된 82편의 시적 자산까지 포함시키는 게 마땅하기 때문이다.

> 시는 그 자체로 부작용 없는 치유제다. 시가 그런 치유제인 까닭을 나는 숨도 쉬지 않고 반 페이지쯤 읊어댈 수 있다. 예를 들어 누군가는 인류를 구원할 세 가지 중 하나로 시를 꼽았다(나머지는 도서관, 자전거). 끄덕끄덕.(10쪽)

"왜 하필 시일까?" 궁금해하는 심리적 지옥 수감자, 또는 일반 독자들에게 저자의 생각을 대신 전하며 덩달아 나도 끄덕끄덕.

이래서 인생

예약해둔 제주행 비행기표를 취소하고 여의도 국회의사당 앞으로 향했다. 역사적인 순간을 현장에서 생생히 지켜보고픈 열망이 생업보다 절실해서다. 차량 통제로 인해 임시 광장으로 변해버린 국회의사당역 출구 주위엔 퍼포먼스를 기획한 임옥상 선생과 거기 참여하기로 한 지인 몇이 벌써 도착해 LED가 부착된 의상을 걸치곤 슬슬 몸을 풀고 있었다. 나도 형태가 잘 고정되도록 꼼꼼히 테이핑을 마친 후 일명 '탄핵가무단'에 합류했고.

국회 본회의장에서 진행된 박근혜 대통령 탄핵소추안은 예상대로 가결됐다. 참관하던 세월호 유족 대표단은 흐느끼며 조용히 자리를 떴고, 모니터로 이를 지켜보던 시민들은 함께 숙연해하다가 정세균 의장의 가결 선포에 일제히 함성으로 화답했다. 독재보다도 더 치욕스러운 국정 농단에 분노한 촛불 민심이 이뤄낸 쾌거에 누군가는 구호를 외쳤고, 누군가는 악수를 하고, 또 누군가는 기도를 올리기도 했지만, 울컥한 다수는 시선을 잠시 허공에 두고서 감정을 추스르기도 했다. 그때 울려 퍼진 어린 소년의 느릿하면서도 또박또박하고 앳된 음성…… 그래서 더 애절하고 비감하고 한없이 미안했던.

어둠은 빛을 이길 수 없다
거짓은 참을 이길 수 없다
진실은 침몰하지 않는다
우리는 포기하지 않는다
—윤민석 작사 · 작곡 · 노래, 「진실은 침몰하지 않는다」

세월호 이후 비탄과 분노에 빠진 우리의 정서를 가장 잘 담은 노래라서 혼자서도 습관처럼 흥얼거리곤 했는데 역사적인 순간에 떼창으로 부르니 그 감정이 이전보다 훨씬 더 비장하고 장엄하다. 특히 '침몰'과 '포기'에서는 마음의 주먹이 불끈 쥐어지기도.

노래가 끝나자 분위기는 축제로 전환됐다. 막무가내, 요지부동, 모르쇠로 일관하던 부패한 권력을 향한 어퍼컷이었으니 왜 아니겠나. 제자리에서 율동을 선보인 '탄핵가무단'도 주위 관심에 부응해 장소를 이동해가며 시민과 함께했다. 특히 광화문광장으로 향하는 지하철역에선 즉흥적으로 떠오른 구호를 선창해 시민들과 외치기도 했는데, 호응이 뜨거웠다. 대통령의 최근 행보를 빗댄 풍자라서 나름 통쾌한 까닭이리라.

머리 손질 웬 말이냐
밥이 넘어가냐
7시간 밝혀내라
66명(탄핵 반대) 공개하라

광화문광장에서 출발해 청와대 백 미터 앞까지 당도하니 벌써 늦은 밤, 탄핵 가결이 절반의 성공인 건 분명하지만, 무능하고 부패한 정권을 종식하고 책임을 묻는 날까지 촛불 민심은 지속해야 한다는 의견엔 누구도 이의가 없었다. 다음 주말을 기약하며 헤어지기 직전, 평소 자타 공인 휴머니스트 이창현 선생이 독백처럼 읊조렸다.

"막다른 길처럼 막막하더니, 그래도 길이 보이기 시작하는군. 하긴 이래서 인생이지."

탕진을
부추기다

첫 동백이 오시었다. 무성한 암녹색 잎사귀에 파묻혀 자칫 모르고 지나칠 뻔했는데 때마침 불어닥친 강풍에 뒤집히고 들썩이다 발각된 게다. 비켜 갈 수도 있었는데 용케도 닿은 인연이라선지 그 귀함과 달뜸 유별나 다이어리에 감흥을 기록했다. 그깟 꽃 한 송이, 게다가 매년 되풀이되는 개화에 웬 호들갑이냐 갸웃할 수도 있을 터이나 일상의 대부분을 섬에서 지내다 보니 거창하고 화려하고 빠르고 떠들썩한 화제보다는 이렇듯 소소하고 여리고 고즈넉하고 낮은 것들에 마음이 쏠린다. 눈에 밟힌다. 이유라면 그게 이유겠다. 여하튼 동백나

무의 점등은 겨우내 진행될 테고 차례로 붉고 붉게 달아올라서 저를 지켜보는 어느 가난하고 쓸쓸한 이의 마음까지 데워줄 테지.

첫 동백을 알현한 것만으로도 충분히 벅찬데 뜻밖의 기별이 부록으로 왔다. 책과 관련된 연재에 대한 제안이다. 그렇잖아도 다소(실은 매우) 특이한 책방을 몇 년 꾸리다 보니 단편영화 같은 사연이 켜켜로 쌓인지라 이제쯤 그것들 하나씩 꺼내 책에 주린 이들에게 들려주려던 참이었는데, 마치 이런 속내를 꿰뚫고 있었던 듯해 잠시의 머뭇거림조차 없이 단박에 수락했던 것이다. 그런데 첫 회는 새로이 영입된 필진으로서의 소감 및 자기소개로 열어달란다. 문장으로 나를 설명하는 일이란 참으로 난감하기도 하고 심히 쑥스럽지만 어쩌겠나, 편집진이 어렵게 꺼낸 부탁이니 따를 수밖에.

2001년, 늦깎이로 등단해 슬하에 시집 두 권과 산문집 한 권을 두었으며, 제주도 한적한 해안 마을에 '시인의 집'이라는 책방 겸 카페를 운영하고 있다.

설마 카페가? 설마 책방이? 싶을 정도로 한적한 시골 마을의 후미진 골목에 위치한 것만으론 모자라 한눈팔다간 지나치기 십상인 주황색 작은 간판이 표지(標識)의 전부인 이곳까지 차 한잔의 여유와 시 한 편의 고즈넉함을 위해 방문하는 이의 마음이야말로 시이며 시인이라는 생각에 멋 부리지 않고 붙인 '시인의 집'에서 나는 지금 시속 57킬로미터로 살아내는 중이다. 아직은 타인의 통행을 방해하는 서행도, 그렇다고 사고의 우려가 높은 질주도 아닌 속도지만 머잖아 시속 67킬로미터, 74킬로미터…… 대로 진입할 테지. 그때도 지금처럼 커피를 내리고 오픈샌드위치를 만들고 북토크를 기획하는 등의 업무를 순조롭게 이행할 수 있을진 미지수다. 하나 고재목 탁자에 앉아 여전히 시를 짓고, 어떤 책을 읽어야 할지 자문을 구하는 이들을 위한 북큐레이터로서의 책방 할매 노릇엔 현역이고 싶다.

카페로 출발해 국내외 유일무이한 저자 친필 사인본 서점을 병행한 지 여러 해, 처음 몇 년은 밑 빠진 독에 물 붓기 식 적자 경영이었으나 해를 거듭할수록 눈에 띄게 호전되고 있다. 추천한 책을 구입해 읽은 독자들의 신뢰 덕이다. 하여, 유명세나 마케팅에 현혹되지 않고 한동안 더 묵묵히 정진해볼 작정이다.

최근 작가를 열망하는 이들을 대상으로 한 특강에서 독서의 중요성에 대해 아래와 같은 견해를 피력한 바 있다.

"책을 내고 싶으세요? 그렇다면 먼저 읽으세요. 당신의 책이 서점에서 백 권쯤 팔리길 원하면 백 권을 읽고, 천 권쯤 팔리길 원하면 천 권을 읽도록 하세요."

독서량만큼 책이 팔린다는 건, 좋은 작품 속 자양분을 섭취하는 일에 소홀하지 말라는 비유이며 당부이다. 하기야 그게 어디 습작기에만 국한된 일이겠나. 하고자 하는 일이 무엇이든 책을 가까이에 두고 전심을 다하노라면 어느새 부쩍 자라 있는 심미안과 마주하게 될 테니 그만한 스승을 어디서 만나겠나 싶어 들려주는 얘기다.

각설하고, 책이 가진 순기능의 신봉자인 연유로 책방지기

노릇을 자처했던 것인데 그것이 주는 만족은 실로 어마어마하다. 밥벌이에 급급해 손에서 책을 놓아버린 지 오래인 이들이 다시 책을 벗 삼는 일이라니. 업무에 쫓겨 재방문이 쉽지 않으니 권해주고 싶은 책을 택배로 보내달라는 부탁 전화를 받을 때의 뭉클함이라니.

앞으로 필자는 지면을 통해 단순한 책 소개에 그치지 않고 책과 관련된 인생사를 띄우고자 한다. 때로는 시큰할 테고, 때로는 매혹적일 테고, 때로는 감동적일 테고, 때론 놀라운.

청컨대, 필자가 언급하는 책을 통해 그대들도 「해후」에 등장하는 여성처럼 아름답게 탕진하시길,

부디!

해후*

카페 한편에 책방을 들였다
주로 시집인데다 전량 매절인지라
주위의 염려를 샀지만
해를 넘기자 되레 전략을 묻곤 한다
고비마다 책의 정령이 다녀가신다고
오늘만 해도 그랬다고

목록 대강 훑어보던 여성
돌연 정색해 수권 고르더니
탕진 운운 툴툴거린다
마뜩잖게 쳐다보자
사직서 제출한 날이라며
밥벌이하느라 잊고 지낸 것들

---

* 손세실리아의 시.

여기 다 있어 울컥했다며

십수 년 만의 해후이니

이 정도의 탕진은 도리 아니겠냐며

말투완 달리 배시시 웃던

복순 씨

유복순, 그녀는 쌈꾼이다. 욕쟁이에 다혈질에 황소고집이다. 성격이 이러하니 직장 동료나 지인들 사이에 기피 대상으로 취급받아 마땅할 것 같은데 아니다. 오히려 정반대다. 그녀와 인연이 닿은 지인들은 한결같이 그녀의 열정과 순정과 정의감과 부지런함과 의리에 대해 질세라 다투듯 증언하곤 한다. 왜 아니겠나. 전자의 모습은 사회적 부조리와 모순, 구조적 병폐, 불합리한 제도, 권력을 사칭한 압력과 회유 등에 맞설 때의 모습임을 익히 알고 있기 때문이다. 하여, 전폭적인 신뢰와 무조건적 지지를 보내는 거다.

남아공에 사는 G를 통해 그녀와 첫 만남을 가진 게 지금으로부터 대략 15년 전의 일이다. 한 달여의 일정으로 고국에 들어오자마자 출국 전에 같이 만나야 할 사람이 있으니 짬 좀 내달라 서너 차례 보채기에 만날 사람은 어떤 식으로든 만나게 되니 서두르지 말라며 우회적으로 거절했던 것인데, 어쩐 일인지 쫓기듯 막무가내로 밀어붙이더니만 결국 일방적으로 저녁 식사 자리를 예약해놓곤 일시와 장소를 통보하는 게 아닌가.

홀린 듯 불려 나간 어색한 자리에 그녀가 앉아 있었다. 전해 들은 바에 의하면 직설적이고 화통한데다 호방하기까지 하다기에 장정 대여섯은 너끈히 쥐락펴락하는 여장부쯤 되겠다 싶어 바짝 긴장했는데 뜻밖에도 풀 먹인 개량한복 차림에 자태도 행동거지도 수수하고 단아했다. 식사 중간중간 꽃수가 놓인 손수건으로 콧등의 땀을 꾹꾹 눌러 닦는가 하면 맛있는 찬을 G와 내 앞으로 슬며시 밀어놓는 등 섬세함과 배려도 자연스러웠다. 그래서일까? 헤어질 즈음엔 알지 못할 경계심도 빗장도 헐거워져 조만간 다시 만날 것 같은, 아니…… 가끔 보고 싶어질 것 같은…… 어쩐지 가까워질 것 같은 예감인데 다짜고짜 큼직한 쇼핑백을 들려주는 게 아닌가. 묵직했다. 그러면서 말했다.

"선생님 시집에 대한 답례입니다."

안 그래도 시집 한 권 챙겨 오지 않은 무심함을 속으로 후회하던 참인데, 시집에 대한 답례라니 뭔 말인가 하며 의아해하는데 깔깔거리며 덧붙였다.

"실은 선생님 시집을 두 권이나 갖고 있어요. 「곰국 끓이던 날」이라는 시가 들어 있는 주홍색 표지의 시집요. 지인한테서 선물로 받았었는데, 친한 친구가 생일 선물이라며 같은 시집을 또…… 이런 경우가 흔친 않을 텐데…… 선생님과 저, 아무래도 특별한 인연인가 봐요. 그렇죠?"

듣고 보니 보통 인연은 아니다. 한 권도 놀라운데 두 권씩이라니.

집으로 돌아오자마자 쇼핑백에 든 내용물을 꺼냈다. 세상에나…… 한지와 삼끈으로 공들여 포장한 각각의 용기엔 오징어젓갈, 낙지젓갈, 꽃게무침, 매실액, 매실효소, 매실장아찌, 멸치견과류볶음, 부추김치, 수제 우전차 등이 들어 있고, 주재료와 부재료, 구입처, 조리 날짜, 조리 방법 등이 꼼꼼히 메모돼 있다. 동갑내기인데 마치 맏언니 같고, 친정 엄마 같다. 그렇게 그녀가 내게로 왔다. 성큼성큼.

그 후로 그녀는 나의 소중한 친구이자 없어선 안 될 인생의 도반이 됐다. 연례행사에 지나지 않지만 장사익 콘서트나 뮤지컬도 같이 보고, 잊을 만하면 불타는 닭발집이나 소문난 꼼장어집에서 번개팅으로 만나 막걸리에 묵은 회포를 풀기도 한다. 그녀에게 가끔 건네는 말이 있다.

"밥집 하세요. 식구들만 거둬 먹이기엔 아까운 손맛이니."

"전 아이들과 같이 있을 때 제일 행복해요. 아무래도 천직인가 봐요."

가슴으로 낳은 수십 명의 자녀들을 지극지심으로 염려하고 돌보고 예뻐하고 앞날을 위해 기도하는 팔불출 사회복지사, 아니 엄마인 그녀가 시도 때도 없이 주문처럼 달고 사는 말이 있다.

"내 새끼들 눈에서 눈물 흘리게 하는 것들은 절대 용서 못 한다. 보란 듯이 잘 입히고 잘 먹이고 잘 가르쳐 사회에 내보낼 거다."

부모로부터 버려지거나 학대와 폭행, 추행 등 인권의 사각지대에 방치된 아동, 청소년이 주를 이루는 보호소에 근무하다 보니 가슴 아픈 일이 비일비재하고, 예상치 못한 사건과 사고 또한 빈번하게 발생한단다. 한번은 이런 일도 있었단다.

90년 만의 한파로 서울 시내에 인적이 뜸하던 어느 해 겨울, 그것도 자정 즈음, 4개월가량 된 사내아이가 이불에 둘둘 말린 채 버려졌단 신고가 관할 파출소에 접수됐단다. 검정 비닐봉지엔 유통기한 지난 200밀리 우유와 생년월일과 이름뿐. 잘 키워달라느니 미안하다느니 일언반구도 없이 유기한 채 줄

행랑을 친 게다. 빨리 발견됐기에 망정이지 하마터면 동사할 뻔했다. 천만다행이다. 경관으로부터 아이를 인도받은 시간이 새벽 세 시, 마치 자신이 처한 상황을 감지하고 있기라도 하다는 듯 먹고 자고, 먹고 자고를 순하게 반복하는 아이를 품에 꼭 끌어안고서 말했다지.

"아가 잘 왔다. 지금 이 시간부터는 여기가 네 집이고 내가 네 엄마다. 이제 다시는 버려지는 일 없을 테니 울고 싶을 때 울고, 보채고 싶을 때 보채렴."

잠든 아이를 자리에 눕히고 나니 그제야 비로소 천불이 부글부글 끓어오르고, 육두문자가 속사포처럼 쏟아지더라는.

"×새끼만도 못한 × , 천하의 죽일 ×, 귀신들은 저런 것들 안 잡아가고 뭐하나 몰라, 쌍×의 자식, 돼지똥만도 못한 ×, 벼락 맞아 죽을 ×, %*#@&^)$*&!$#@"

어느 날엔가는 아홉 살 혁이가 심각하게 묻더란다. 필시 어디서 무슨 말을 주워들었나 보다.

"어른들은 나빠요."

"세상에는 나쁜 어른도 있지만 좋은 어른들이 훨씬 많단다."

짚이는 데가 있어서 즉각 대답하자 그녀를 뚫어져라 쳐다보며 재차 묻더란다.

"선생님은 안 나쁘지요?"

"응, 선생님은 착해. 아니…… 착한 어른이고 싶어. 어른들 잘못이 크다. 미안해."

부모로부터 버림받은 처지라는 걸 알게 된 이후 아이가 겪을 고통과 분노에 대해 나는 감히 상상조차 할 수 없다. 성장기 내내 겪을 반항과 방황에 대해서도 다만 짐작할 뿐이다. 사회가 제공하는 그 어떤 훌륭한 제도나 보호시설 또는 물질적 보상이나 지원이 부모의 역할을 대신할 수 있겠는가. 그러나 세상의 모든 일엔 예외가 있어 부모 역할보다 나은 제도와 시설과 지원이 있는데, 그게 바로 고위험군에 처한 아이들을 위한 시설이다. 버리고 때리고 추행하고 굶기고 방치하는 등 반인륜적 행각을 일삼는 부모에 대해, 처한 현실이 오죽했으면 자식을 그랬겠느냐는 식, 인륜이나 천륜 운운하며 궤변으로 이해시키려 드는 식은 옳지 않다.

패륜은 패륜일 뿐 어떤 사유로도 미화될 수 없기 때문이다.

보호소를 직장이 아닌 집으로 생각하는 복순 씨, 사회복지사를 천직으로 여기는 복순 씨는 70여 명의 엄마다. 아이들의 자존감이 곧 그녀의 자존감이고, 아이들의 행복을 그녀의 행복으로 삼고 살아간다. 라면 박스나 얄팍한 금일봉을 내밀며 기념 촬영을 요구하는 부류들과는 상종도 안 한다. 말싸움도 불사한다. 진심이 전해지는 선행이나 기부가 아닌 알량한 동정심에 자신의 자녀를 들러리 세우는 일임을 알기에 결사반대다. 시간 때우기 식 봉사도 달가워하지 않는다. 차라리 동료들과 몇 시간 더 일하고 만다. 불편함을 참고 타협해가면서 먹이고 씻기고 재우면 영육 간에 살로 가지 않고 독이 된다는 걸 알기 때문이다. 그리하여 그녀와 관계 맺고 보호소에 출입하는 동료나 자원봉사자들은 세월이 흐를수록 얼추 그녀와 닮은꼴이 된다.

전심(全心), 온 마음으로 그렇게.

냉장고를 연다. 우전차오이지, 두릅장아찌, 사과스낵, 단감스낵, 세송이버섯장아찌, 우엉찹쌀지지미…… 그녀, 와글와글하다. 이건 장군이가 농사지어 보낸 무농약 매실, 이건 스님이 손수 재배하고 덖은 우전, 이건 식품건조기로 집에서 만든 스낵…… 그릇그릇 정성 아닌 게 없다. 다듬고 절이고 썰고 말리고 지지느라 퇴근 후 새벽까지 종종걸음이었을 테지. 그러다가 동이 터오면 쏜살같이 새벽 예불 다녀와 식구들 조반상 차려냈을 테고. 입으로 먹어 치우기 아까워 카메라에 그녀의 눈웃음과 콧등 땀방울을 기록해둔다. 여전히 나는 그녀가 밥집을 했으면 하고 아쉬워한다. 엄마 밥이 그리우면 언제든 드나들고 싶어서다. 하지만 사회복지사로 남고자 하는 그녀를 존중하기에 더 이상 입에 올리진 않는다. 다만 바보처럼 묵묵히 제 길을 가는 그녀를 위해 친구로서, 도반으로서 뜨거운 응원을 보낸다.

복순 씨, 브라보!

곰국 끓이던 날*

노모의 칠순잔치 부조 고맙다며
후배가 사골 세트를 사왔다
도막 난 뼈에서 기름 발라내고
하루 반나절을 내리 고았으나
틉틉한 국물이 우러나지 않아
단골 정육점에 물어보니
암소란다
새끼 몇 배 낳아 젖 빨리다 보니
몸피는 밭아 야위고 육질은 질겨져
고기값이 황소 절반밖에 안 되고
뼈도 구멍이 숭숭 뚫려 우러날 게 없단다

그랬구나

---

* 손세실리아, 『기차를 놓치다』, 도서출판 애지, 2006.

평생 장승처럼 눕지도 않고 피붙이 지켜온 어머니
저렇듯 온전했던 한 생을
나 식빵 속처럼 파먹고 살아온 거였구나
그 불면의 동공까지도 나 쪼아먹고 살았구나
뼛속까지 갉아먹고도 모자라
한 방울 수액까지 짜내 목 축이며 살아왔구나
희멀건 국물
엄마의 뿌연 눈물이었구나

더 나은 세상을 향한 믿음

@septuor1 2014년 11월 8일 오후 9:06
트윗을 시작합니다.

불문학자이자 문학평론가인 황현산 선생의 첫 트윗이다. 1분 후, "이제 뭘 해야 할지?" 혼잣말을 남기더니, 곧이어 "드디어 달걀에서 벗어났다"고 남겼다. 여기까지 소요된 시간이 2분 모자란 3시간.

장문의 글쓰기에 익숙한 권위 있는 원로 평론가가 트위터를

개설하자 새로운 글쓰기 문화, 즉 140자 이내의 제한된 글자 수, 게다가 고칠 수도 없는 환경에 어떻게 적응해낼지 자못 궁금해진 이들의 관심이 쏠렸다. 그러나 이러한 우려를 짧은 시일에 불식시키더니 정치, 경제, 문화, 예술, 문학, 교육 전반을 때론 해박한 지식, 때론 시의적절한 촌철살인, 때론 타자에 대한 연민 가득한 시선, 때론 평소 즐기던 농담까지 거리낌 없이 여봐란듯 펼쳐냈다. 곳곳에선 탄성이 터졌고.

사사건건 가르치며 편가르기를 일삼는 지식인층 꼰대가 아닌, 자분자분 들려주고 들어주는 품격 있는 꽃대(문학평론가 고영직의 조어)의 등장에 선생의 트위터는 수시로 뜨겁게 달궈져 설전이 오가는가 하면, 예상치 못한 순간 실소를 자아내기도 해 팔로워 수 급증을 불러오곤 했다. 전자는 대체로 정치적 견해일 경우이고, 후자는 뒤늦게 오타를 발견한 선생이 스스로의 실수를 딱하게 여겨 남긴 자책성 트윗인데, 오죽하면 "훈민정음 반포 이후, 나만큼 오타로 성공한 사람도 드물 것이다"라고 했겠는가.

물론 대부분의 트윗은 어록이라 칭함이 과하지 않을 만큼

도저함과 해박함과 예리한 분석과 예민한 이성과 그윽한 은유와 비유가 주를 이룬다. 일테면,

비행기에서, 백화점에서 횡포를 부리는 고객들 이야기를 들으면, 한국의 부자들은 행복하지 않은 것 같다. 나는 부자다, 나는 발광할 권리가 있다, 고로 나는 행복하다, 이런 확인을 날마다 해야 하다니. 행복이 좀 가만히 내려앉게 두질 못하고.(20141223)

아내의 작업실이 있는 마을의 한 집에 커다란 팥배나무가 있었다. 봄이면 흰꽃이 만발하고 가을이면 새들이 몰려들어 팥배를 찍고 있었다. 주인이 팥배나무를 자르고 마당을 넓혔다. 옛날엔 자기 땅의 나무라도 그 정도 나무가 되면 세상의 나무라고 생각했는데.(20150607)

우리는 오랫동안 정치적 투쟁을 해온 탓에 자기편(즉 옳은 편)이라면 사고방식은 말할 것도 없고 문화적 감수성과 취향이 자기와 같아야 한다는 생각에 은연중 젖어 있다. 그

런 생각은 남만 억압하는 것이 아니라 자기 자신도 옥죄기 마련이다.(20150612)

정말이지 인문학은 무슨 말을 하기 위해서 하는 것이 아니라 해서는 안 될 말이 무엇인지 알기 위해 하는 것이다.(20150707)

인간적 매력은 자기를 드러낼 때도 나오지만 감출 때도 나온다. 드러내도 거짓으로 드러내는 사람이 있고, 감추어도 정직하게 감추는 사람이 있다. 정직하게 감추는 게 가장 매혹적인데 쉬운 일이 아니다. 정직하게 드러내면 된다. 매력은 정직한 데서 온다.(20150725)

문학과 예술이 인간의 미개한 지혜로 하늘의 순결함과 전쟁을 벌이는 일이라면, 정치는 인간의 허약한 선의가 땅의 욕망과 협상하는 일인 것 같다.(20151203)

잔인함은 약한 자들에게서 나올 때가 많다. 세상에는 울면

서 강하게 사는 자가 많다.(20160622)

아침마다 카톡으로 좋은 말과 좋은 그림을 보내는 사람들이 있다. 늘 좋은 게 좋은 것만은 아니어서, 그것도 폭력일 때가 많다.(20160819)

출판 홍수 속에서 양서를 만나기란 결코 쉽지 않은 일이다. 설혹 양서일지라도 독자들의 눈에 띄지 않아 소수에게만 회자되다가 얼마 안 있어 절판되기 일쑤다. 하여, 좋은 책이란 판단이 서면 주위에 추천하거나 선물하곤 한다. 『내가 모르는 것이 참 많다』(황현산, 난다, 2019)는 근자에 만난 몇 안 되는 양서 중에서도 으뜸이다. 하여, 저자의 트윗을 하나라도 더 들려주기 위해 장황한 설명을 삼갔다. 이유인즉, 지금보다 더 나은 세상을 꿈꾸고 있는 우리에게, '더 나은 세상을 향한 믿음'으로 가득하므로.

『내가 모르는 것이 참 많다』는 2018년 8월 8일 지구별을 떠난 선생의 타계 1주기를 맞아 생전에 애정하며 열정을 쏟았던 트위터의 글을 종이책으로 온전히 옮겨놓은 유고집이다. 오타마저 신의 한 수인 이 집(集)에 들어 현자의 가르침에 귀 기울이시길.

그림에 울다

뭍에서의 며칠을 유유자적 보내고 섬으로 내려가기 전날, 일부러 약속을 정해 전시회를 앞둔 임옥상 선생의 구파발 작업실로 향했다. 벽과 바닥에 툭툭 세워놓거나 눕혀놓은 최근 작품과 오래된 작품을 호기심 반 경이로움 반으로 감상하며 느릿느릿 이동하다가 어떤 작품 앞에서 예상치 못한 상황이 발생하고 말았다. 이를 어째, 눈물이 난 게다. 잠시 뒤돌아 흐느끼기도 했던가? 모르겠다. 순식간의 동요였던지라 제어 자체가 애당초 불가능하기도 했지만 처음 겪는 일이라 당혹스럽기 짝이 없던, 어쩌면 비현실적인 현실에 직면한 까닭일지도.

필시 찰나였을 터인데 시간이 잠시 멈춘 것처럼 길게 느껴지기도 했던 격정을 심호흡으로 간신히 누그러뜨리고 나서 문제의 작품을 재차 응시했다. 설명 없이도 누군지 한눈에 식별되는 인물화인데 지금까지의 작업과는 사뭇 다른 접근이다. 별다를 것 없는 황토빛 캔버스에 이렇다 할 선이나 색도 없이 다만 민들레 꽃씨를 솔솔 흩뿌려놓은. 숨만 크게 내쉬어도 일제히 날아가버릴 것 같은. 지나온 날의 회한과 미래의 바람이 무수히 중첩된.

「민들레 꽃씨, 당신」은 내게 그렇게 들어왔다.

그야말로 기습적으로, 훅!

그림 앞에서 눈물이라니.

빼어난 작품을 만날 때면 화가의 절대 고독과 광기와 절망과 상처와 환희와 평온 등에 감정이입이 되기도 하고, 드물지만 전율하기도, 카타르시스를 느끼기도 하는데, 눈물은 고백건대 처음이다. 당사자인 나도 그렇지만 반 발짝쯤 뒤에 서 있던 선생은 얼마나 난감했을까. 하지만 어떤 궁색한 설명도 필요치 않았다. 모르는 척 이미 자릴 뜬 후였으므로.

선생과의 인연 10여 년.

돌아보면 문단 선후배와의 교분보다 더 긴밀했고 도타웠지 싶다. 관계 맺음에 소극적인데다 섬과 뭍을 오가며 두 집 살림에 허둥지둥 지내다 보니 이따금 만나곤 하던 이들에게조차 잊힌 존재가 되고 말았는데, 유독 선생만은 물리적 거리와 무관하게 한결같음으로 챙겼기 때문이다. 약속해놓고도 참석하는 일보다 불참할 때가 더 잦았으나 서운한 내색 없었으며, 최근까지도 중요한 일정엔 간단명료하게나마 기별을 전해 관계망을 상기시키곤 했다.

덕분에 2010년 6·2 지방선거 기간엔 트위터를 통한 이십대 선거독려 이벤트에 동참했다가 덜컥 선거법 위반에 연루된 바 있으며, 창원조각비엔날레, 세계문자심포지아, 다문화가정 어린이들의 문화예술 지원을 위한 후원 모임인 '안쵸이림홍' 등엔 참관 또는 게스트로 동참했고, LED 의상 차림으로 국회 앞에서 탄핵가무 퍼포먼스를 펼치기도 했다.

함께한 순간이 어디 이뿐일까마는 각설하고, 무엇보다 중요한 건 웅숭깊은 배려에 힘입은 만남이 축적되면서 어느 순간 살아온 날을 돌아보며 가끔 성찰의 계기로 삼게 된 것인데, 그러고 나면 한 번뿐인 생을 살면서 선생을 만난 것이 문단 말석에서 시를 쓰는 내게 얼마나 큰 축복인지 절감하게 된다. 바로 이런 각별함 때문에 시집 『꿈결에 시를 베다』를 묶는 과정에 감히 발문을 청해 부족한 시의 뒷배로 삼았으니 더 이상의 구구절절은 도리어 사족이겠다.

6년 만의 개인전을 앞둔 작품을 미리 감상하는 행운이 주어졌다. 작품마다엔 여전한 흙, 여전한 바람, 여전한 민중, 여전한 산하, 여전한 아픔, 여전한 풍자, 여전한 해학, 여전한 통찰, 여전한 혁명, 여전한 서사, 여전한 꿈…… 가득하다. 지금까지의 여전함만으로도 벅찬 성취임이 분명한데 이번 전시작은 기존의 성취를 뛰어넘어 그 어딘가에 당도해 있음이 감지된다. 모든 예술가가 저마다 꿈꾸는, 그러나 태반이 꿈에서 그치고 마는 요원한 경지,

「민들레 꽃씨, 당신」과 「여기, 무릉도원」, 두 작품이 바로 그것이다.

그러고 보니 흘린 눈물은 어쩌면 그 너머를 처음 목격한 자

의 경탄이었을지도.

이번엔 내가 선생의 그림산문집 『옥상, 을 보다』(임옥상, 난다, 2017)에 글빚을 갚을 차례, 글머리를 고심하느라 심호흡 중인데 임옥상미술연구소에서 보낸 자료가 속속 도착했다. 작품, 인터뷰, 관련 기사. 친절하다. 정독한 이후 참고함이 마땅한데 일별하곤 우편 봉투에 도로 담았다. 어차피 내게 주어진 글감은 전문가의 미술평이나 학술적 풀이가 아님을 알기에 자유를 방해받고 싶지 않았으며, 또한 직접 둘러본 작품의 감동이 아직 입체적으로 생생하기에 굳이 평면화시키고 싶지 않았기 때문이다. 자료에 의존한 왈가왈부가 내가 만난 임옥상, 내가 아는 임옥상을 풀어내는 데 하등의 도움이 되지 않을 거란 직감이랄까? 여하튼 최대한 생략하고 말을 아껴가면서 인연을 풀어냈고 글을 마쳤던 것인데…… 아뿔싸! 그런데…… 결국 내가 만난 선생을 어눌하게 설명하느니 차라리 함묵하는 편이 낫다는 판단에 직면한 게 아닌가.

하여, 처음부터 다시 쓴.

삭제의 변*

장고를 거듭하며 마친
여섯 단락
아흔일곱 문장
200자 원고지 21매를
전송 직전 삭제했다

임옥상의 붓은 당나귀 붓을
흙꽃산수 여기, 무릉도원을
민들레 꽃씨, 당신을
상선약수를
삼계화택을
세상을 향한 절절한 애틋을
이토록 지독한 슬픔을

---

* 손세실리아의 시.

스스로 걸머진 십자가를
어쭙잖은 몇 줄 글로 풀어낸
그것은

촛불 시민 후미를
금 간 발가락뼈로 절룩절룩 뒤따르던
老혁명가에 대한 예우가 아니기에

최초로 나를 울린
그림에 대한 예의는
더더욱 아니겠기에

컨베이어벨트 위에서 건넨 인사

『여기가 끝이라면』(조용호, 작가, 2018)은 인터뷰 모음집이다. 모 일간지의 기사를 한데 정리해 단행본으로 출간하면서 저자는 "지난 5년 동안 컨베이어벨트 위를 달린 느낌이다"라는 소회를 책머리에 남겼다. 중견 기자의 어법치곤 다소 거칠고 무시무시하다. 세련되고 정중한 고별사 다 놔두고 대체 어떤 연유로 위태롭기 짝이 없는 컨베이어벨트 운운한 걸까? 문학 전문 기자임과 동시에 소설집 수 권을 출간한 현역 작가이니 표현의 궁색함이랄 수는 없을 터. 그럴 수밖에 없었던 진짜 이유가 알고 싶어 서둘러 책장을 넘겼다.

소설가 황석영에서 출발해 셰프 작가 박찬일로 끝나는 100편의 글은 인터뷰라기보다 그것의 형식을 빌려 기술한 작가 100인의 엽편전기(葉片傳記), 즉 짧은 전기라 해도 과언이 아니다. 지금껏 어디에도 털어놓은 바 없던 고백이 허다하니 말이다. 그 첫째 요인은 인터뷰어와 인터뷰이 상호 간 절대적이고 돈독한 신뢰와 교감이며, 둘째 요인은 소형 녹음기와 질문지를 배제한 인터뷰어의 무언중 비무장 선언이지 않을까? 하는 말마다 녹음되고, 식상한 질문으로 일관했다면 이렇듯 묵직하고 진솔한 인터뷰는 불가능했을 테니 말이다.

먼 길을 고속버스로, 비행기로, 때론 KTX로 달려갔고, 때론 전철로, 마을버스로, 도보로 산책하듯 만나 짧게는 서너 시간, 길게는 두어 날 동행하며 나눈 이야기는 시시콜콜 근황으로 말문을 터 내밀한 애환과 고충으로 이어지다가 인류, 세계, 철학, 사유, 문학, 통일, 사회정치, 교육과 환경 현안 등으로 깊어지고 확장된다. 가볍게 책장을 넘기다 결국 포스트잇을 챙겼다. 작가의 어록과 책 제목, 대화 중 거론되는 인물 등으로 책갈피는 금방 두툼해졌다. 그중 귀띔해주고픈 몇 마디.

절망에 빠진 사람에게 힘을 주는 말을 청한 동석자의 부탁에 위화(중국 소설가)의 즉각적인 대답.

> "청년이라면 전혀 걱정할 것 없습니다. 세상을 원망하지 말고 스스로 용기를 내면 됩니다. 나이 든 사람이라면…… 운명에 순응해야죠."(49쪽)

범람하는 자기 계발서에 대한 김주연(문학평론가)의 생각.

> "솔직히 청춘을 위로하는 요즘 자기 계발서들 너무 싫습니다. 달콤한 말로 토닥인다고 힘들어하는 청춘에게 도움이 되는 건 아닙니다. 정말 그들이 아프고 절망스럽다면 끝까지 가게 밀어붙여야 합니다. 차라리 그곳에 답이 있고 위로가 있습니다. 부딪쳐서 끝까지 가는 것이야말로 인문학의 본질입니다."(83쪽)

불문학자이자 문학평론가로서는 드물게 수많은 독자층을 확보한 황현산의 말.

"한국 사회는 좀 더 합리적으로 나아갔으면 좋겠다. 험난한 현대사를 통과해온 탓인지 한쪽으로 기울어 시기, 질투, 의심, 이런 것들 때문에 과학적 사고를 하지 못하는 것 같다. 급격한 변화로 인한 뿌리 뽑힌 삶의 원형, 그 상실감이 주는 상처도 굉장히 크다."(408쪽)

책을 다 읽고 나자 반년 전쯤 내게 고민을 토로하던 청년이 떠올랐다.

"지금까지 꽤 많은 책을 읽었다고 자부했는데 어느 날 문득 책장을 보니 전공 서적, 자기 계발서, 재테크…… 온통 스테디셀러 일색이더군요. 경쟁에서 살아남기 위해 앞만 보고 달려온 내 안의 욕망을 반영하는 것 같아 씁쓸했어요. 왜 이렇게 살았을까요?"

그에게 맞춤한 책이라는 생각에 얼른 문자를 전송했다.

"『여기가 끝이라면』 읽어봐요. 거기 참여한 작가 100인의 대표작 1권만 읽어도 100권인데, 읽는 것만으로도 새로운 출발의 모색이 될 수 있고 인문학의 세포, 신경, 뼈, 근육이 저절로 길러질 테니까. 나마스테!"

당신 안의 세계(신)에 경배드린다는 뜻을 덧붙일까 하다가 그만뒀다. 모르면 어떤가 싶어서다. 10여 분이 지났을까? 그에게서 답 문자가 도착했다.

"괜히 징징거렸다 후회했는데 기억하고 계셨군요. 와— 감동이에요. 방금 동네 서점에 주문 완료했습니다. 조만간 건강한 세포, 짱짱한 뼈, 탄탄한 근육이 돼서 찾아뵐게요. 그때까지, 나마스테!"

기억장치에 의존해서 일체의 과장과 왜곡 없이 작성한 기사가 두툼한 책으로 묶였다. 5년여, 격주로 마음의 컨베이어벨트 위를 달린 이의 노고 덕이다. 아, 이토록 곡진한 인문학의 수혜라니.

맛있는데
유쾌하기까지 한

수줍음과 수수를 간직한 처자가 마감 직전 찾아와 커피를 주문하고선 곁눈질로 나를 쳐다본다. 눈빛 흔들리는 걸로 미루어 안면이 있거나, 할 말이 있는 것 같아 넌지시 말을 건넸더니 아니나 다를까 기다렸다는 듯 고민을 토로했다.

"실은 제가 바닷가 마을에 있는 구옥을 최근 연세로 계약했어요. 대충 수리만 하면 뭘 해도 될 것 같았거든요. 한데 막상 시작하려니 엄두가 나질 않아 차일피일하는 중에 먼저 이주해 정착한 친구가 여길 가르쳐주면서 선생님을 만나보라더군요.

그래서 무턱대고 찾아왔어요."

반파된 바닷가 오두막을 만지작거려 카페랍시고 오픈해 꾸려가고 있는 내가 청년들에겐 고민을 상담할 인생 선배쯤으로 여겨지나 보다 싶어 대화에 응할 자세를 갖췄다. 하고 싶은 건 무엇인지, 자신 있는 건 뭔지, 어떤 분위기의 공간을 연출하고 싶은지.

"일본 가정식 밥집이라면 해볼 만하단 생각이 들어요. 지인들을 초대해 시식회도 마쳤고, 다들 맛있다며 오픈을 서두르라 성화인데 어쩐 일인지 시간이 흐를수록 자신이 없어지네요. 사람들이 돈을 내고 사 먹을 만한 음식인지 자신도 없고, 재료는 잔뜩 구입해놓았는데 파리만 날리면 어쩌나 싶기도 하고, 일생에 한 번은 꼭 해보고 싶은 일인데, 시도조차 해보지 않고 철회할 수도 없고, 정말 어쩌지요?"

어디 내놓아도 자신 있는 요리를 선보이되, 메뉴를 최소화할 것.

혼자 감당할 수 있게끔 테이블 수를 최소화할 것.

신선한 재료일 것.

SNS 후기에 일희일비하지 말 것.

이런 경우, 어차피 잘 아는 사이도 아니니 무한 응원, 폭풍 칭찬, 축하 세레모니만 해주면 될 일인데 어쩌자고 나는 이렇게 정색을 하고 꼰대처럼, 아니 마치 절친한 관계라도 되는 양 조언이랍시고 직언을 하고 나서는 걸까? 우쭈쭈 우쭈쭈 기분 맞춰줄 순 없는 걸까? 대충 해도 성공할 거란 덕담과 확신을 심어줄 순 없는 걸까? 여하튼!

조곤조곤 차분하고도 다감하게 건네는 조언이 약이 됐을까? 괜히 잘 모르는 자기 일에 끌어들인 게 미안해서였을까? 멋쩍고 예의 순진한 표정으로 자리에서 일어서며 작별 인사를 했다.

"선생님, 말씀 감사합니다. 잘 준비해서 착오 없이 오픈할게요. 다른 건 몰라도 이거 하나만큼은 자신 있어요. 우리 집에 다녀간 손님들 입에서 '이 집은 맛은 없는데 유쾌해!'라는 인상을 심어주는 거요."

겸연쩍음과 겸손의 다른 표현인 줄 알면서도 괜한 노파심에 정색하고 쐐기를 박았다.

"무슨 소리예요? 식당을 방문하는 일은 지갑을 여는 것뿐 아니라, 시간을 할애하는 일이잖아요. 잔뜩 기대하며 밥상을 받았는데 맛이 형편없다 쳐요. 누가 거길 다시 찾겠어요. 맛도 없는데 돈과 시간까지 허비했단 생각에 짜증 나는 게 인지상정 아닐까요? 맛있는데 유쾌하기까지 해야지요."

창업이나 이직에 대한 고민을 토로하는 청년들이 더러 찾아온다. 경험도 없으면서 지나치게 자신감 넘치고, 부모의 경제력을 등에 업고서 시설 투자에 겁이 없는 이들도 여럿 만났다. 그들 대부분은 고배를 마셨다. 하지만 머뭇거리고 두려워하며 신중하고 분수껏 준비한 이들 대부분은 소박하게나마 자리를 잡았다. 오래전 그녀도 마찬가지.

어떤 일을 시작하려 할 때 사전 준비가 착실한 이들에게 섬은 그야말로 기회의 땅이다. 입소문이 빠르기 때문이다. 하여, 육지와는 비교할 수 없을 만큼 빠른 시일 내에 자리를 잡을 수 있다. 반면 어설픈 창업은 폐업도 순식간이다.

섬에서 '적당히'는 통하지 않는다.
왜냐하면 섬사람들이 그렇게 살지 않기 때문에.

안동 여자,
김서령

중학교 과학 교사인 B선생이 후배와 함께 방문했다. 자신이 좋아하는 공간을 소개하고 싶어서 동행했단다. 조천 바다가 보이는 테라스에 자리를 잡더니 시간 가는 줄 모르고 정담을 펼치다가 저녁놀 드리워지자 화들짝 놀라 서가 쪽으로 이동해 새로 입고된 책 몇 권과 일전에 구입한 적 있는 『외로운 사람끼리 배추적을 먹었다』(김서령, 푸른역사, 2019)까지 세 권을 서둘러 결제한다. 재구매 이유를 묻자 예의 씩씩하고 긍정적인 에너지로 대답하길.

"혼자 읽기 아까워서 가까운 이들에게 선물하려고요."

"그 정도로 좋았어요?"

"네. 좋은 정도가 아니라 제 일상이 변화됐어요. 다 읽고 나니 그동안 직장 다닌답시고 가사에 얼마나 소홀했는지 알겠더라고요. 믿기 힘드시겠지만 제대로 된 요리 한 번 안 해봤거든요. 친정이 지척인지라 엄마 찬스를 주로 썼고, 피곤하다는 핑계로 외식도 다반사였으니 할 말 다 했죠. 가족도 으레 그러려니 했고요. 그런 제가 바뀐 거예요. 퇴근길엔 푸성귀라도 사 들고 가서 나물도 무치고 국을 끓여요. 얼마 전엔 잡채와 만둣국에 도전했는데 맛있다, 맛있다를 연발하며 식기를 싹싹 비우지 않겠어요? 알죠. 사기 진작 차원이라는 거. 그렇지만 알면서도 뿌듯하고 으쓱해요. 칭찬은 고래도 춤추게 한다잖아요. 하하. 오죽하면 남편과 아들도 읽어봐야겠다 나섰을라고요. 대체 어떤 책인지 자기네도 알아야겠다며."

김서령은 안동에서 태어났다.

책을 펼치면 안동 말, 안동 음식, 안동 사람, 안동 문화, 안동 정서, 안동 지형 등이 우르르 와르르 출렁거리다 못해 사태

진다. 그런데 이상하게도 고리타분하거나 늘어지거나 지루하거나 권위적이지 않다. 생동감 넘치고 위트 있고 찰지다. 친밀하다. 이러함은 안동을 배경으로 한 장유정 감독의 영화 「부라더」를 관람하고 받았던 느낌과 흡사하다.

"단순한 슬랩스틱 코미디를 통해 선사하는 웃음이 아닌, 전통문화에 대한 해학과 풍자까지 담긴 대사와 상황 설정은 부담 없이 마음껏 웃고 즐긴 뒤, 극장을 나서며 곱씹어 생각할 메시지까지 갖춘 차원이 다른 코믹 버스터이길 기대한다"는 영화사의 보도 자료처럼, 실제로 이 영화를 통해 나는 지금껏 뼈대, 근본, 가문, 유교, 양반, 제사…… 등으로만 인식되던 안동, 아직 가본 적 없는 그곳이 어쩐지 서너 해는 족히 살았던 듯 살갑게 여겨졌고, 언젠가 일 년 살이쯤은 해보고픈 바람까지 일게 했으니 말이다.

문학도 예외는 아니어서 생존하는 젊은 작가군 중 한 획을 긋고 있는 소설가 김이정과 권여선, 시인 안상학과 이영광이 안동 태생인 게 우연만은 아닐 게다. 안동, 거기 분명 무언가 있다는 거다. 소설가도 시인도 아니지만 우아하면서도 그윽한 문체로 작가와 독자들 사이에 '서령체'로 명명되고 사랑받았던 저널리스트 김서령, 아니 글쟁이 김서령.

B선생은 본문에 등장하는 음식이 궁금했단다. 배추적, 콩가루 국수, 호박 뭉개미, 명태 보푸름, 무익지, 수수 조청, 정향 극렬주, 난젓, 증편, 갱미죽, 연변, 좁쌀 식혜…… 이름도 맛도 생소하기 짝이 없는, 그중 가장 만만할 것 같은 배추적을 따라 해봤단다. 그것을 시작으로 지지고 볶고 데치고 삶고 졸이고 굽고 찌고 무치다 보니 어느새 주방이 익숙하더란다. 한 사람의 라이프 스타일을 백팔십도 개조시킨 『외로운 사람끼리 배추적을 먹었다』, 브라보!

김서령이 말하는 배추적은 "먹고 나서 전혀 죄스럽지 않은" 맛이며, "위가 느끼는" 맛이며, "나이 들어야 제대로 아는" 맛이며, "외로움에 사무쳐봐야 아는" 맛이다. 맛을 전달하는 데 이토록 모호하고 관념적이며 형이상학적이고 무책임한 기술이 어디 또 있을까. 시다, 짜다, 맵다, 달다, 쓰다, 떫다, 고소하다가 아닌 "무엄한 음식"이라니. 결국은 B선생처럼, 다수의 독자들처럼 따라 해보는 수밖에. 시식 후, '아, 이런 맛!' 할밖에.

어디 맛뿐이랴. 이 땅 처처의 먹거리에 대한 묘사는 또 어떤가. 소박한가 하면 파격적이고 한편으론 익살스러운, 민화 같은.

가짓빛을 "보라라고 단정할 수 없는 깊은 어둠"이라 하고, 수박 빛깔을 "바다보다 한 차원 높은 숲 빛"이라 하고, 쑥에 대해선 "봄기운이 다글다글 몰려 있어 곁에 앉아 있기만 해도 핏줄 안에 콸콸 피돌기가 감각된"다고 말하는 이, 그가 바로 김서령이다. 안타깝게도 2018년 9월, 62세의 이른 나이로 세상을 뜬.

여기서 나는 '떠난'이라 말하지 않고 '뜬'이라 쓴다.

뜬!

어디서든, 무엇으로부터든 부디 홀연했음 싶어서다.

요리는 권력이다. 요리 앞에 '맛있는'이 생략됐음은 다들 아실 터. 얼마 전부터 딸아이에게 요리를 전수하기 시작했다. 언젠가 닥칠 영원한 이별에 대한 예비랄까? 엄마가 차려준 밥상이 생각날 때 더는 맛볼 수 없어 쓸쓸해하기보다 손수 장만해 스스로를 공양하고, 때론 사랑하는 이에게도 대접했음 싶어서다.

장보기, 손질하기, 조리하기, 간 맞추기, 담아내기와 밥상 예절을 가르치면서 아쉬운 건 정작 아들하곤 이런 시간을 갖지 못했다는 점이다. 가족을 위해, 연인과 친구를 위해, 누구보다 자신을 위해 앞치마를 두를 줄 아는 남성, 맛이라는 아름다운 권력을 식탁에 마술처럼 펼칠 줄 아는 남성, 내 아들도 그랬으면 좋겠는데 이미 독립했으니 이를 어째. 하여, 궁리 끝에 요리 과정을 동영상에 담아 페이스북에 올리기 시작했다. 고단한 일과를 마치고 귀가하면 안부 대신 '좋아요'를 누르는 것에 착안한 사심 포스팅인 게다. 눈으로나마 시식하고, 언젠가 직접 조리해보길 바라며.

김서령의 글을 두고 안타까워하는 이들이 많다. 순수문학, 일테면 시나 소설이 아닌 산문으로 분류되기엔 너무 빼어나다는 이유에서다.

맞다. 맞는 말이다. 그러나 한편으론 이런 생각도 든다. 김서령의 글은 그 자체로 이미 '매혹'이라는 독특한 장르라고.

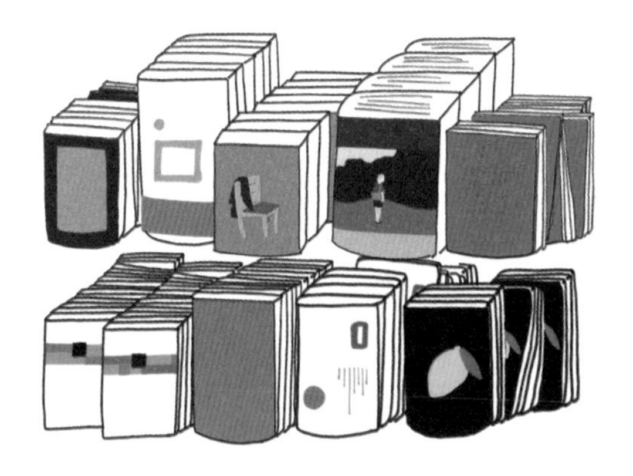

나도 이런 카페의 단골이고 싶다

홀리다. 이 말밖엔 달리 표현할 길이 없다.

매수자를 만나지 못해 몇 해째 인터넷에 매물로 떠돌던 마을의 천덕꾸러기 폐가를 구입한 일이며, 한 번도 해본 적 없는 카페를 겁 없이 시작한 일 말이다. 만일 그 방면에 해박했다거나 오래 준비했다면 가능했을까? 아니다. 겁이 나서 뒤로 물러섰거나, 남들처럼 막연히 꿈만 꾸다가 꿈에서 그치고 말았겠지.

몇천만 원에 불과한 집값 가운데 일부는 무이자로 지인의 도움을 받았을 만큼 어려운 처지였던지라, 커피 관련 수입 기계나 고급스러운 인테리어는 언감생심이었다. 다만 의자와 커피잔엔 나름 거금을 투자해 오래 머물러도 편안한 의자와 보온력이 탁월한 수입 도자기를 장만했다. 그 이외엔 진심이 느껴지고 오래 기억될 공간 연출에 심혈을 기울였고.

시와 커피, 고요가 바로 그것이다.

재산 목록 1호인 친필 사인본으로 벽면을 채웠다. 그것도 시집으로만. 시를 손에서 놓아버린 지 오래된 이들이 몇 편이라도 읽었으면 싶은 바람에 그리했던 것이다. 그런데 간혹은 시집을 펼치기도 했지만, 대부분은 작품으로만 알고 있던 시인의 육필에 더 많이 관심을 보였다.

카페에서 가장 중요한 건 커피. 그건 프랑스 M사의 하드포드와 원두로 결정했다. 예민하고 까다로운 내 미각을 오랫동안 충족시켜줬으므로 망설일 이유가 없었던 거다.

지금이야 상황이 호전됐지만, 9년 전엔 카페 고수들마저 고개를 절레절레 내두를 만큼 입지 조건치곤 최악이다시피 한 바닷가 시골 마을, 후미진 골목에 생초보가 카페를 오픈한 것이다. 그것도 일체의 홍보 없이 그야말로 도둑처럼 슬그머니.

첫 손님의 표정이 아직도 생생하다. 오죽하면 이렇게 물었을까.

"여기 뭐 하는 곳이에요? 커피도 마실 수 있나요?"

하지만 바다 뷰가 펼쳐지고, 친필 사인본 시집이 꽂혀 있는 내부를 둘러보며, 오페라 몇 곡에 심취해 커피를 마시고 자리를 뜬 중년의 그 여성분은 이후 지금까지 줄곧 단골이시다.

첫날은 한 잔, 이틀째 되던 날은 석 잔, 일곱 잔, 다시 한 잔…… 별 기대 없이 주문한 커피에 만족한 손님이 늘기 시작했다. 그렇게 오늘까지 왔다.

에스프레소 맛에 빠져 주말마다 방문하는 청년이 있었다. 하루는 가로수며 신호등조차 뽑히고 쓰러질 정도인 태풍 속을 운전해 서귀포에서 조천까지 왔다기에 걱정스러워 한마디 했다. 처음 나눈 대화다.

"커피 한잔 마시자고 이 궂은 날씨에 여기까지 오는 건 좀 무모하지 않나요? 앞으로도 이곳을 자주 방문할 것 같으니 커피만큼, 아니 커피보다 더 귀한 걸 추천해드릴게요."

카페 주인이라기보다 인생 선배라는 마음으로 시를 읽어야 하는 이유와 원하면 시집을 골라주겠노라고도 했다. 생이 풍요로워지고 심미안이 생길 거라는 말에 머쓱하게 웃던, 밥벌이로 각박하게 살다 보니 교과서에 나왔던 시도 오래돼서 다 까먹었다는, 책만 보면 졸음이 쏟아진다던 J. 이후 J는 추천해주는 시집에서 그치지 않고, 다른 분야에도 눈을 떠 인문학적 소양이 눈부실 정도로 성장했다. 문학, 예술, 종교, 철학, 물리, 역사…… 기타 등등까지. 시가 한 사람의 인생을 아름답게 발전시키는 벅찬 과정을 지켜볼 수 있는 행운이라니.

개업 초기부터 오늘에 이르기까지 크고 작은 변화가 있었다.

읽기를 원했으나 사진 촬영용에서 그치고 만 서가를 치웠다. 그 자리엔 소장하고 있는 그림을 전시해 감상할 수 있게끔 갤러리로 꾸몄고, 가장 좋은 자리엔 시집이 80퍼센트를 넘는 책방 코너를 신설했다. 다음 독서로 이어질 마중물이 되겠다 싶은 책을 엄선해 저자에게 친필 사인을 부탁드린 다음, 그것만으로 꾸려가는, 친필 사인본 책방&카페를 탄생시킨 것이다. 다만 공간의 고요를 지키기 위해 카페 손님 전용 책방이라 못 박았다. 당연히 덜 팔릴 걸 각오한 행보였는데…… 이런 취지를 존중하는 마니아, 아니 개업 초기부터 지금까지 줄곧 이어지는 인연과 인연 덕에 책의 흐름이 눈에 띄게 빨라지고 있으니 보람이 크다.

커피도 달라졌다. 가톨릭바리스타협회를 발족한 L신부님의 도움으로 이전과 다른 커피를 선보였는데 같은 듯 다른 매혹으로 미각과 만족도를 동시에 거머쥐었다. 신선하고 맛있는 최고 등급의 생두를 선별해 각각의 특성에 맞게 로스팅한 다음, 잔열로 뜸 들인 후, 숨 쉬는 항아리에 담아 18도에서 20도의 온도가 유지되게 숙성시킨 커피. 그 수익금이 가톨릭 선교와 이웃사랑 실천에 전액 사용된다니 커피 한 잔의 선한 영향력에 뿌듯하고 으쓱하기까지.

처음엔 백 년 된 바닷가 폐가에 홀렸다 생각했다. 리모델링을 마치고 나서는 수상 가옥 같은 아름다움에 심취해 내 선택의 탁월함에 무릎을 쳤다. 생의 로또 당첨이라고까지 여겼다.

하지만 지금은 그것이 얼마나 오만한 태도였는지 안다. 내가 집에 홀리고 선택한 게 아니라, 집이 나를 선택했고 기적처럼 선물처럼 이 모든 걸 가능케 했음을.

글을 쓰고 있는 지금, 바다는 만조다. 이럴 땐 선상에 앉아 있는 느낌이다. 누군가는 시를 읽고, 누군가는 드로잉을 하고, 누군가는 차를 마시고, 누군가는 담소를 나누고, 누군가는 토막 잠에 취해 있다. 여긴 그 누군가가 주인이다.

내 사는 방식을 부러워하는 이들은 이렇게 말하곤 한다.

그럴 때마다 난 이렇게 대답하고.

"부러워요. 저도 이렇게 살고 싶어요."

"부럽긴요. 저는 이런 카페의 단골이면 좋겠어요."

문전성시*

해안가 마을 길에 찻집을 차린 지 달포
발길 뜸하리란 예상 뒤엎고 성업이다
좀먹어 심하게 얽은 가시나무 탁자 몇
좀처럼 빌 틈 없다 만석이다

기별 없는 당신을 대신해
떼로 몰려와
종일 죽치다 가는

눈먼 보리숭어
귀 밝은 방게
남방노랑나비

---

* 손세실리아, 『꿈결에 시를 베다』, 실천문학, 2017.

잘 가라,
가닿아라 인간 세상에

몇 해 전, 유네스코 세계문화유산에 등재된 서삼릉에 갔다가 겪은 일이다.

잘 보호되고 손질된 진입로 주변을 시간 여행자처럼 느릿느릿 여유롭게 걷다가 능으로 방향을 틀어 홍살문을 지나 참도 위에 섰다. 정자각으로 이어지는 길인데 얇고 넓적한 돌을 규칙적으로 깔아 오른쪽 절반은 높고 왼쪽 절반은 낮다. 그래봤자 몇 센티미터에 불과하지만, 높은 쪽은 신이 다니는 신도(神道)이고, 낮은 쪽은 왕이 왕릉을 참배할 때 다니는 어도(御道)란다.

물론 지금은 이 길을 탐방객들에게 개방해 자유로이 오갈 수 있게 했다.

그런데 정해진 길을 마다하고 굳이 진입 금지라는 잔디를 밟는 이들이 더러 눈에 띄었다. 그날만 그런 건 아니었던지 길이 나 있을 정도였다. 고증을 통해 복원했다지만 돌은 돌, 그것의 차고 딱딱한 물성보다는 풀의 폭신하고 평온한 느낌을 향유하고 싶어서였으리라. 하지만 아무리 너그럽게 봐주려 해도 무개념이라는 인상을 지울 순 없어 동행한 이에게 투덜댔다.

"주저앉고, 뭉개지고, 죽어버린 잔디 좀 봐. 저러고 싶을까? 이 능엔 인간보다 훨씬 많은 수의 개미가 살고 있을 텐데, 걔들은 흔적을 남기지도 않잖아. 인간이란 참……"

"개미는 분산해서 다니니까 그렇지. 개미 말이 나왔으니 말인데 만일 지구상에 살고 있는 인간과 개미가 같은 날 동시에 펄쩍 뛴다면 어떨 것 같아?"

"글쎄, 개체수야 개미가 월등히 많겠지만 인간이 더 무겁지 않을까?"

"그렇게 생각할 줄 알았지. 그런데 말이야, 인간이 뛰면 지구가 옴짝달싹 안 하는데 개미가 뛰면 움직인대. 다시 말해 지구엔 인간의 총량보다 개미의 총량이 더 많단 뜻이지."

"정말? 에이 설마."

그와 나눈 대화를 파일에 단단히 저장해뒀다. 언젠가 시가 될 것 같았기 때문이다. 그런데 시의 속도가 워낙 더딘 탓에 가끔씩 열어 복기했다가 다시 봉하기를 수차례, 최적의 발효 시점을 기다리던 참에 마치 저장장치를 해킹한 듯싶은 시를 만났다. 게다가 절창이다. 어떤 식으로 풀어내도 이 시를 넘어설 순 없다는 결론에 이를 만큼 빼어나다. 이 정도면 쓰기보다 향유가 현명한 판단이다.

개미 한 마리가 한강 다리를 지나가면 다리가 휘겠니, 안 휘겠니? 무슨 소리 하는 거야, 개미 한 마리에 어떻게 한강 다리가 휘겠어? 이 세상 개미 모두가 북한산만큼 모여 한강 다리를 건너가면 다리가 휘겠니, 안 휘겠니? 그야 당연히 휘겠지, 북한산 실은 기차가 지나가는 것처럼. 그렇다면 개미

한 마리가 지나갈 때도 눈에 보이지는 않겠지만 그 한 마리 무게만큼 한강 다리가 휘어야 하잖아. 거의 무에 가까운 무게지만 무게는 무게거든. 그 무게만큼의 어떤 생각, 있다고도 할 수 없고 없다고도 할 수 없는 한 생각이 드나드는 것 같다. 계속 오고만 있고 아예 와버리면 안 된다는 듯이, 네 생각도 그렇게 오더라. 까맣게 잊고 있다가도 어느 날 깨어보면 분명 간밤엔 오고 있었고 어느새 가버린 거야, 그래야 다시 올 수 있다는 듯이. 존재의 무게가 거의 없는 것이, 생각의 무게 같은 것이 지나간다. 방금 한강 다리가 아주 약간 휘청했다.

—「개미와 한강 다리」 전문

시집 『빛그물』(창비, 2020)에서 최정례 시인(1955~2021)은 자기 자신이 마치 초미세 정밀계량 저울이라도 되는 양, 개미 한 마리의 무게로 "방금 한강 다리가 아주 약간 휘청"이는 순간과 자신의 혈관으로 침투한 진통제 1밀리그램의 무게로 "텅 빈 설산이 울"리는 순간과, 떨어지는 벚꽃이 무풍의 허공에서 "꽃잎의 무게가 제 무게를 지"는 순간을 계량하고 나

선다. 그뿐 아니다. 무게라는 언급은 어디에도 없지만 반짝임과 흐름과 슬픔. 샥티(영혼), 첫눈, 호수 위에 떨어진 달, 물에 둥둥 떠다니는 벼룩, 작은 멸치의 눈, 참깨순 등에 붙은 생의 기미를 잰다. 무언가를 재는 행위는 길이, 너비, 높이, 깊이, 무게, 온도, 속도의 정도를 알아보는 일, 곧 헤아림이며 지독한 몰입 아니겠나.

이 시집은 빛과 그림자가 물 위에 짠 그물임과 동시에 세상 모든 빛(light)과 지상의 모든 그(he)와 우주의 모든 물(water)을 향한 시인의 뜨거운 사랑 노래다. 안타까운 일은 이렇듯 빼어난 수작을 묶어내고도 정작 시인은 독자들 앞에 나서지 못한다는 사실이다. 1밀리그램의 무게가 버거워 다 버리고 주저앉고 싶을 만큼 아프기 때문이다. 하여, 병원 무균실에서 일곱번째 시집에게 곡진한 당부를 남긴다. 이렇게.

"잘 가라, 가닿아라 인간 세상에."

천국에서 지급된
재난지원금

지난해 말, 10년째 꾸려오던 책방 카페의 내부 공사를 시작했다. 전대미문의 팬데믹 상황이 장기화되면서 여행자뿐 아니라 현지인 단골마저 발길이 뚝 끊겨 엄두를 낸 일이기도 하다.

붕괴 직전의 오두막을 수리해 문을 연 까닭에 수일 내에 마치는 보수 공사는 잦았지만, 보름을 넘어서는 경우는 처음 있는 일이었다. 하지만 어차피 문을 열어도 방문객이 고작해야 하루 한 명, 많게는 서너 명이 전부인 까닭에 영업일수만큼 적자가 발생하는 구조이니, 그동안 미뤄온 대공사를 진행하기엔 차라리 적기라는 판단이 들어 실행에 옮긴 게다.

오랜 숙원이던 주방 가구 교체, 카페 전용 기기 구입, 고재 탁자 리폼, 금이 간 발코니 바닥 시공, 출입구 천장 페인팅, 화장실 문 부식 제거, 어닝 도색, 의자 및 테이블 교체…… 작정하기 전엔 눈 감고 대충 지낼 만하던 것들이 약속이나 한 듯 일제히 나도! 나도! 하며 튀어나오기 시작했다. 문제는 공사 비용 마련인데 당근마켓을 통해 커피머신 및 카페 용품을 일괄 구입할 수 있었던 게 무엇보다 신의 한 수였지 싶다. 오픈 3개월 만에 내놓은 기기는 새것과 다를 바 없었으며, 무엇보다 비용 절감 면에서 도움이 됐기 때문. 하지만 육지에 계신 부모님 간병이 시급해 처분하노란 저간의 사정을 듣고 나니, 안쓰럽기도 하고 갸륵하기도 해서 약소하나마 카카오뱅크에 마음을 송금하면서 위로와 응원의 문자를 남겼다. 사노라면 인연 아닌 게 없다는 평소의 오지랖이 발동한 것일 수도 있겠으나, 사실 그보다는 수개월 전에 돌아가신 엄마 생각에 울컥한 이유도 컸다.

"신경 써주셔서 감사합니다. 살아 계시는 동안 열심히 섬

기겠습니다."

출발만 순조로운 게 아니라 이어지는 일도 수월했다. 매사 버릇처럼 작동시키곤 하는 긍정 마인드 덕분일까? 하는 일마다 순조롭고 수월했으니 말이다.

1차 대금 선입금을 하루 앞둔 저녁 입출금 SMS 문자 메시지 알림음이 차례로 울려 확인해보니 아이들 이름이 이체 액수와 함께 앞서거니 뒤서거니 등장하는 게 아닌가. 나중에 안 일이지만 각자의 여력만큼 자발적으로 십시일반했단다. 하지만 기백만 원이나 되는 액수를 확인한 순간, 고마움보다는 '이제 다 컸구나' 싶어 쓸쓸함과 뭉클함이 앞섰다. 여하튼, 한 가지 분명한 건 코로나19라는 복병 덕에 가족애를 확인한 계기가 됐으니, 역병이 꼭 나쁜 것만은 아니란 생각. 어쨌든 이와 같은 인간의 대처 앞에 머잖아 역병은 무릎 꿇고 말리라는 낙관론까지 속으로 펼치면서 안도감으로 배시시 웃었으니, 이런 내 표정을 누가 봤으면 좀 이상하기도 했을 테다.

기기 설치, 목공, 미장, 도색, 전기…… 운이 좋았던지 숨은 고수들이 팀을 이뤄 투입됐다. 책장은 깊은 갈색이 인상적인 멀바우나무로, 주방 가구는 편애하는 자작나무로 짜주십사 부탁했다. 일상에서 깊은 숲을 만끽하고자 함인데 초기 비용이 부담스러워 그렇지 잘 길들이면 시간이 흐를수록 짱짱해질 것이므로 오히려 경제적일 거란 판단에 망설임 없이 그리했다. 자투리 공간엔 수납장을 만들어 비품을 보관할 수 있게 했고, 협소한데다 나무 기둥이 여럿인 구옥의 실정을 감안한 싱크대 배치는 효율적인 동선을 탄생시켰다. 깨진 바닥은 인테리어 타일로 거듭났으며, 북 콘서트나 낭독회가 열릴 때마다 자리 배치를 위해 외부로 옮겨야 했던 탁자는 접이식으로 설계해 기존의 노고를 덜 수 있게 됐다. 대략 보름 동안 진행된 공사를 지켜보며 각 분야의 전문가가 얼마나 귀한 존재인지 실감할 수 있기도 해 훈훈했다고 하면 믿을까? 왜 이런 말 있지 않은가? 제주도에서 집을 짓는다거나 사소한 공사라도 할라치면 단단히 각오하고 시작해야 한다는, 그렇지 않으면 실망하고 상처받기 십상이라는.

자재 구입비며 인건비 명목의 2차 대금까진 식구들의 십시

일반과 예비비로 비교적 수월하게 해결돼 당초 각오한 신용단기 대출도 덩달아 최소화할 수 있게 됐는데, 은행 방문 전날, 거짓말 같은 일이 일어났다.

'빛'이 '빚'이 된 것이다.

설명하자면, 몇 해 전에 타계하신 시부님께서 막내네 형편을 헤아리고 있다는 듯, 더도 덜도 아닌 공사 잔금 전액을 이체해주신 게다. 매입자가 나타나지 않아 빈 채로 오래 방치해 둔 시골 아파트가 처분돼 4형제가 공평한 액수로 나눴다고.

8백만 원.

생전에도 이과 성향이셨는데 여전하시구나 싶게 타이밍도, 액수도 절묘하다. 나보다 처지가 더 어려운 이들에게 양도할까 하다가 유산이라기보다 어쩐지 시부님께서 보내주신 재난지원금 같아 감사히 받기로 했다.

주위에 휴업과 폐업이 속출하고 있다. 그나마 문을 열고 있는 가게도 대부분 버티기 작전에 돌입한 듯한 분위기다. 나만 힘든 게 아니다 보니 '어렵다'는 푸념도 금기어다. 오죽하면 천국에서 보내준 재난지원금을 받았겠나.

잔금을 이체하면서 유독 열과 성을 다해 공사에 전념해준 K 인테리어 대표님껜 공사비 이외의 액수를 따로 이체해 성의를 표했다. 12월의 칼바람 속에서 부부가 단 한 번의 언쟁이나 딴전 피움도 없이 최선을 다하는 모습이 인상 깊었기 때문이다. 어떤 구석은 부탁하기도 전에 알아서 손봐주기까지.

"결제 감사합니다. 그런데 액수가 잘못 들어온 것 같아요."

"두 분 근사한 외식하세요. 마음입니다."

가정용 커피머신과 주방 기기로 10년을 버텨온 카페 주방 공사를 이렇듯 드라마틱하게 마치고 재오픈했다. 팬데믹 상황 여전하고, 한동안 확진자 0이던 청정 제주도도 이젠 비상 국면에 접어들어 5인 이상 집합 금지인 2.5단계와 1미터 거리 두기인 1.5단계를 오가는 중이다. 손님이 많아도 근심, 없어도 걱정이라는 말이 요즘 자영업자들의 공포에 가까운 하소연인데 이 공간도 그와 무관하지 않다. 다만 무연한 척 평상심을 잃지 않으려 노력할 뿐.

길고양이 랭보의 방문이 유일한 날도 있다. 그래도 위에서 언급한 것처럼 나쁜 게 아주 나쁜 것만은 아니라 여기기로 한다. 밀린 독서도 하고, 올해 안에 묶기로 한 산문집 원고 정리도 하고, 문밖 어디든 자연의 사원인 제주 시골길과 신의 축복인 오름도 탐닉하고, 생명의 보고인 곶자왈 산책도 느릿느릿 만끽하기로 한다. 그뿐인가, 바쁘다는 핑계로 대충 때우곤 하던 집밥에 공을 들이고, 방역 차원에서 구석구석 쓸고 닦는 등 할 일은 참으로 무궁무진하니 말이다.

각설하고, 팬데믹이 아니었음 앞만 보고 내달렸을 내 인생에 크고 작은 변화가 생긴 건 분명하다. 나보다 더 힘든 이웃이 있는지 미력하게나마 살피고 챙기게 되었으니 말이다. 어쩌면 이런 내 모습이 가족뿐 아니라 저승에 계신 시부님의 마음까지 흔들었을지도.

가톨릭 전례 도중, 교우들끼리 나누는 인사 의식이 있다. 역병에 휘둘리고 치도곤 당해 너덜너덜해진 작금의 지구별 도반들과 나누기엔 이보다 더 귀한 안부도 없는 것 같아 글 끝

자락에 슬그머니, 그러나 간절함으로 명치 끝에 두 손 모두
어 건넨다.

평화를 빕니다.

시집의 쓸모*

달려와주라는

남쪽 도시 의사협회장의

긴급호소문에

수많은 의료진이 벼락같이 달려갔다

의료용품과 구호품이 뒤쫓았고

냉이와 유정란도 질세라 뒤따랐다

기도만 보태던 나도

역병엔 시만 한 백신도 없다

너스레 떨며 시집 몇 권

빠른 배송으로 보냈던 것인데

실은 수천수만의 냉이꽃과

새끼를 내어준 어미 닭에게 미안해

그리했던 것인데 사실은

* 손세실리아의 시.

온갖 미물들 앞다퉈 달려와

하느님도 놓아버린 인간의 손을

힘주어 붙잡는 장면에

목이 메어 그랬던 것인데

김밥 한 줄

컵라면 한 젓가락보다 무용한

시집의 등이나

비겁하게 떠밀었던 것인데

박완서라는 선물

지난해 가을이던가? 마음이 갈피를 잡지 못해 수시로 휘청거렸다. 무엇으로도 채워지지 않는 헛헛과 쓸쓸로 말미암아 한동안 일상이 무기력과 먹먹을 오갔다. 그러던 어느 날, 기억 저 너머의 한 장면이 떠올랐다. 그러곤 거짓말처럼 평온을 되찾았다. 눈앞의 일처럼 생생해 기억 속 이름 석 자를 인물 검색란에 입력했다. 마치 만난 지 오래인 지인의 근황을 살피기라도 하려는 듯.

박완서.

유작을 읽고 자신의 SNS에 서평을 남긴 독자들의 포스팅 몇 개를 연달아 읽다가 표지 전체를 선생의 흑백 얼굴로 삼은 책을 발견했다. 선생은 특유의 수줍은 듯, 겸연쩍은 듯싶은 표정에 금방이라도 말을 걸어올 것처럼 다감했다. 책에는 '소설가 박완서 대담집'이라는 부제가 붙어 있었다. 『우리가 참 아끼던 사람』(김승희 외 지음, 호원숙 엮음, 달, 2016)은 이렇게 나에게로 왔다. 5주기 헌정 의미를 담아 후배 문인들과 나눈 대담 및 인터뷰를 호원숙 씨가 엮었단다. '호원숙?' 궁금증은 곧 풀렸다. 선생의 맏딸이란다. 엄마의 유전자를 물려받은 그녀 역시 작가로 활동하고 있었던 것이다. 대담집도 그렇지만 선생의 여식이 '엄마 박완서를 그리워하며 쓴' 산문집 『엄마는 아직도 여전히』(호원숙, 달, 2015)도 뜻밖의 수확이다. 두 권을 동시에 주문했다. 각각 결이 다를 것이므로.

선생과 중국 여행에 동행했던 적이 있다. 컨디션 난조였으나 처방받은 약봉지만 믿고 따라나섰다가 마지막 날까지 호전되지 않아 고생했다. 오죽하면 지연되는 귀국 여객기를 더는 서서 기다릴 수 없어 캐리어를 눕혀놓고 무너지듯 털썩 앉았을까. 이를 목격한 선생이 당신의 손수건을 건네며 깔고 앉으라 하셨고, 화들짝 놀라 사양하자 "손수건이라도 깔아야 한기가 덜하니 시키는 대로 하"라며 손수 펼쳐주셨더랬다. 그 이전과 이후 구리시 아치울 자택에 초대받아 몇 차례 와인이 곁들여진 선생의 생일 밥을 대접받았고, 몇 권의 친필 사인본을 선물받은 적도 있지만 어찌 된 영문인지 내겐 2007년 1월, 중국에서의 그 장면이 어떤 순간보다 깊이 각인돼 있다. 세상 어떤 무지막지한 풍파도 막아줄 것 같은 상징으로 말이다.

늦깎이로 데뷔해 그렇게 많은 작품을 쓰면서도 집에 일하는 사람을 두지 않는 이유에 대한 김승희(시인)의 질문에 '문학이 뭐 별건가요?' 하는 시선으로 바라보며 "나는 일하는 동안 정신이 맑아져요. 집안일을 안 하고 엎어져서 글만 쓴다는 것은 나 자신이 타락해지는 것 같고 어쩐지 퇴폐적으로 되는 것 같아서 나 자신에게 허용 안 합니다"(『우리가 참 아끼던 사람』, 16쪽)라 답한다. 이렇듯 관념적 허영을 경계하는 동시에 작가와 생활인으로서의 균형감을 유지하며 써낸 작품으로 선생은 대한민국을 대표하는 작가로 우뚝 섰다. 가사와 육아를 '여성의

덫'으로 여기며 투덜대지 않고 오히려 창작열의 동력으로 삼은 결과다. 선생 스스로 "5백 년을 사는 것 같다" 말했을 만큼 격동기를 살아내면서 "여러 정황을 증언하듯이 그려냈다고 볼 수 있"는 작품은 개인사와 문학사를 넘어 조선희(소설가)의 말처럼 사회사적으로나 문화사적 가치를 성취했다.

신형철(문학평론가)은 선생의 문학을 "장악(掌握)의 문학이다"라 규정짓고 있는데 "그 손바닥에 올라가면 모든 게 다 문학이 된"다는 뜻이니 작가에겐 최상의 찬사 아닐까?

"엄마처럼 완벽하고 쫀쫀하지는 않지만 내 문체를 갖게 된" 작가 호원숙은 기억에서 수시로 엄마를 소환해 독자들에게 들려준다. "염천이었다. 얘, 저것 좀 봐주고 나가렴. 앞마당으로 내려서려는데 상사화가 올라와 흐드러져 있다", "허둥지둥 나가는 나를 잠시 불러 세워 꽃을 보게 한"(『엄마는 아직도 여전히』, 83쪽) 엄마, "쫓겨나지 않았으면서도 쫓겨난 아이" 같던 어린 시절의 심정과 "네가 그냥 여기서 살아라. (……) 기념관이나 문학관을 만들지 말고 그냥 살아라"던 생전의 유지를 받들어 엄마 집에 들어와 정원을 돌보며 담담함과 사무친 그리움의 경계에서 글을 쓴다. 언젠가 엄마가 자신을 불러 세워 놓고 말했듯 6월의 무더위 속에 찾아온 글라디올러스 꽃대를 가리키며 "엄마, 이거 보세요" 말하기도 하면서.

선생이 펼쳐준 손수건 한 장의 배려를 떠올리며 이 글을 쓴다. 어느 한 권을 결정지을 수 없어 두 권을 나란히 놓기도, 위아래로 포개기도 하며 쓴다. 내 경우엔 손수건이지만 이 두 권의 책엔 선생이 남긴 위안의 선물 가득하다.

언제 끝날지 모를 상심의 시절을 건너는 동안, 영혼의 신약으로 곁에 두어도 좋을.

제주 바당이
낳곡 질룬 생

목적지가 제주이고 짧은 여정이라면 아무래도 시집과 산문집이 제격이겠다. 섬이야말로 시와 깊은 사유가 담긴 산문을 부담 없이 만나고 그것을 만끽하기엔 최적의 공간일 테니까. 더군다나 한반도에서도 제주는 자연, 역사, 문화, 예술, 정서, 언어 등이 매우 독특하기 때문에 그것을 가장 빼어나게 노래할 수 있는 제주 태생 작가들의 작품에서 골랐다.

*

허유미 시집 『우리 어멍은 해녀』는 청소년 시집이다. 하여,

자녀를 둔 가족 여행에 유익하지만 어른이 읽어도 더없이 좋은 시집이다. 여느 시집과 다른 점이라면 표지를 펼치자마자 시인의 말이나 목차보다 제주도 지도가 먼저 등장한다는 거다. 물론 시 일부와 시의 배경인 장소가 그림으로 표시된 시(詩) 지도라서 앙증맞고 다감하다.

"바람에도 체"하는 가난과 "찢어진 소라 값 봉투"만 남기고 떠난 아버지와의 불화, "등대처럼 서로를 비춰주"던 언니와의 우애, "퉁퉁 불어 터진 손"을 한 엄마 등 시큰한 가족사가 끝나자마자 특유의 익살과 재기 발랄과 오지랖과 공상과 꿈과 호기심과 고민이 흡사 랩처럼 줄줄 읽힌다. 하지만 그게 전부는 아니다. 파괴되고 어수선해져 위기에 처한 자연을 바라보는 현지인의 토로도 의미심장하고, 생일마다 갈점뱅이(감물 들인, 짧은 남자용 홑바지) 입는 할아버지를 통한 4·3 시편은 그 중 절창이다.

이렇듯 시에 취해 다니다 보면 어느새 섬 일주 끝.

갈점뱅이*

할아버지는 왜 생일마다
갈점뱅이 입으실까
돼지 똥 닮은 얼룩덜룩 갈점뱅이에서 똥 냄새가 난다
동네 걸어 다니다가 학교까지 와서는
나를 보며 이름 외치는 소리에
나무 뒤에 숨고 돌담 뒤에 숨고
할아버지 병원에 입원했을 때
벽장 안 보자기에 싼 갈점뱅이 꺼내
가위로 잘라버리고 손으로 찢어버렸는데
할아버지 퇴원해서 갈점뱅이부터 찾더니만
해진 갈점뱅이 보며
얼룩덜룩 눈물 흘리며 말씀하셨네
어머니 4·3 때 돌아가시기 전에
마지막으로 지어준 옷이 갈점뱅이였다고

---

* 허유미, 『우리 어멍은 해녀』, 창비교육, 2020.

*

이종형 시집 『꽃보다 먼저 다녀간 이름들』은 "깨진 솥"에서 출발해 "개민들레"로 끝난다. 첨언하자면 제주 4·3 당시 무장대 사령관 이덕구가 지휘하던 무장대 최후 은거지에서 출발해 베트남 여인 꾸웬이 서빙하던 연삼로 꼼장어구이 집에서 막을 내린다.

이는 시인의 삶과 문학의 지향점을 가늠할 수 있는 의도적 배치임과 동시에 시집 전체를 아우르는 상징이기도 하다. 비교적 늦깎이로 등단해 12년 만에 묶어낸 이 시집은 담백하되 비범한 역사의식과 순수한 인간애로 큰 울림을 준다는 평을 받고 있다. 바로 이러한 독창적인 문학성과 역사적 현재성을 인정받아 5·18 문학상 본상을 수상하기도 했다.

제주 바다만큼이나 깊고 한라산만큼이나 너른 품을 가진 시인의 시집을 맛집 가이드북 대신 챙겨 들고서 시의 여정을 나서는 것도 제주를 십분 향유할 수 있는 일이겠다. 4·3 평화공원, 거친오름, 김영갑갤러리, 비양도, 애월, 강정 말이다.

당부하건대 다음 장소 이동을 핑계로 발길 재촉하지 말고 잠시 느긋하게 머물며 시인의 마음이 되어 나직나직 한 편의 시를 낭독해도 좋을 일이다.

동백나무와 바람과 수국과 스러져간 이름들이 듣도록.

바람의 집*

당신은 물었다
봄이 주춤 뒷걸음치는 이 바람 어디서 오는 거냐고

나는 대답하지 못했다

4월의 섬 바람은
수의 없이 죽은 사내들과
관에 묻히지 못한 아내들과
집으로 돌아가는 길을 잃은 아이의 울음 같은 것

밟고 선 땅 아래가 죽은 자의 무덤인 줄
봄맞이하러 온 당신은 몰랐겠으나
돌담 아래

---

* 이종형, 『꽃보다 먼저 다녀간 이름들』, 삶창, 2017.

제 몸의 피 다 쏟은 채
모가지 뚝뚝 부러진
동백꽃 주검을 당신은 보지 못했겠으나

섬은
오래전부터
통풍을 앓아온 환자처럼
살갗을 쓰다듬는 손길에도
화들짝 놀라 비명을 질러댔던 것

4월의 섬 바람은
뼛속으로 스며드는 게 아니라
뼛속에서 시작되는 것

그러므로
당신이 서 있는 자리가
바람의 집이었던 것

*

현기영의 산문 『소설가는 늙지 않는다』(다산책방, 2016)를 마지막으로 꺼내놓는다. 그것도 슬그머니. 망설였다는 뜻이다. 이런 소개가 굳이 필요할까? 싶을 만큼 폭넓은 독자층을 확보한 작가라는 게 그 이유다. 그러함에도 불구하고 출간된 지 4년이나 되는 이 책을 소급해 언급하는 건 동시대를 살아가는 청년층과 널리 공유하고픈 간절한 바람이자, 수작임에도 의외로 알려지지 않았다는 점에서다.

만일 그대가 작가 현기영의 작품을 말하면서 『순이 삼촌』에서 출발해 그것이 끝이라면, 그 한 권만으로 여태 그의 세계관이나 가치관에 대해 꿰뚫고 있는 듯 속단해왔다면 필히 서둘러 만나볼 일이다.

고향 제주의 참혹하고도 슬픈 4·3을 알리는 일에 작품뿐 아니라 저항과 대응의 실천적 삶으로 생애를 바친 작가가 나직나직 들려주는 37편의 산문은 지금까지와는 결이 사뭇 다르다. 일테면,

글 쓰는 자는 어떠한 비극, 어떠한 절망 속에서도 인생은

아름답다고, 인생은 살 만한 가치가 있다고 독자에게 확신시키는 것이 중요하다는 각성이 생겼다. 이제는 비극에 서정과 웃음을 삽입하는 일을 꺼려서는 안 되겠다. 비극을 더 선명하게 부각하기 위해서라도, 혹은 비극을 넘어서는 어떤 전망을 보여주기 위해서라도 서정과 웃음을 작품 속에 적절하게 배치하는 것이 필요할 것이다.

그래서 나는 그동안 등한히 하거나 무시했던 나무와 꽃에게, 달과 강에게 사과한다. 그리고 그것들의 아름다움을 노래한 서정시에 대해서도 사과한다. 그리고 싸우는 동안 증오의 정서가 필요했고, 증오가 가득한 가슴으로는 '사랑'이란 말만 들어도 속이 느끼했는데, 이제 나는 그 사랑이란 두 글자에 대해서도, 그것을 노래한 사랑의 시에 대해서도 머리를 조아려 사과를 한다.(74쪽)

종이책이라는 생각을 잠시 잠깐 잊고 오디오북처럼 귀 기울이게 되기도 하고, 화면을 응시하듯 빨려들 만큼 흡인력이 있다. 문장은 또 어떠한가. 용연 물처럼 투명하고 낭창낭창하되 체온이 감지된다.

정확히 36.5도.

제주도 푸른 밤엔 제주 바당이 낭곡 질룬 책에 만취하시길.

심금을
울리는 일

J는 여고 시절 이웃에 살던 친구다. 영세하나마 철공소를 운영하는 부친 덕에 또래 중 유일하게 휴대용 전축을 갖고 있어 부러움의 대상이었고, 개방적인 성격인지라 주위가 늘 북적였다. 지금이야 청소년의 옅은 화장이 보편화됐지만, 그 시절만 해도 금기 사항이었는데 종례가 끝나기 무섭게 볼에 펴 바르고 눈과 입술에 칠하고 나타나기 일쑤였다. 어디 그뿐인가, 빽바지와 보디 슈트로 몸매를 강조한 뒤 학교 뒷동산에 올라 레코드판을 틀어놓고 고고춤을 육감적으로 추기도 했다. 가사 내용도 모르면서 콩글리시로 열창하던 팝송이라니.

Paul Revere & the Raiders, 「Indian Reservation」

Tom Jones, 「Keep on Running」

KC & The SUNSHINE BAND, 「Shake Your Booty(Shake, Shake, Shake)」

Boney M, 「One Way Ticket」

Paul Anka, 「Diana」

Vienna Symphonic Orchestra, 「Satisfaction」

난 내가 갖지 못한 J의 활달한 성격과 보조개와 허스키한 목소리와 춤 실력이 좋아서 친하게 지내길 원했지만, 그녀는 숫제 나를 하급생 취급하며 보호하려고만 들었다. 모범생이라 물들기 쉽다는 게 이유였다. 하지만 J가 모르는 게 하나 있었는데 그건 바로 나로선 오히려 그녀가 하는 짓마다 위태위태해 보여 보호해주고 싶었던 것. 예를 들면 규율 부원에겐 하루 전에 하달되는 음악감상실, 제과점, 극장 등 단속 일시 정보를 사전에 귀띔해준 것도 그런 이유에서다. 적어도 교무실에 불려 가는 일이나 근신 등의 처분은 막아주고 싶어서. 그럴 때면 마치 은밀한 거래에 대한 보상처럼 매점으로 데려가 간

식을 사주며 고마워했다.

그나저나 무슨 연유로 공부 말고는 열정과 끼가 넘쳤던 J를 이토록 길게 회고하는 걸까?

맞다! 전북대 퇴임을 자축하며 이종민 선생이 지인들에게 단체 이메일을 띄워 각자의 인생 노래를 글로 써달라 부탁했고, 이에 기꺼이 응한 사회 각계각층 115명의 글이 모여져 한데 묶인 『우리가 하려고 했던 그 거창한 일들』(이종민 엮음, 걷는사람, 2021)의 표지가 휴대용 전축을 그대로 옮겨놓은 듯한 디자인이었기 때문이다.

휴대용 전축에 판을 걸기 직전의 그림이 담긴 책을 두고 누군가는 이종민의 퇴직 기념 인생 책이라 했고, 누군가는 음반이라 했다. 대부분의 산문 상단에 QR 코드를 넣어 글과 함께 음악을 들을 수 있게 지원한 때문이리라. 여기 나는 이렇게 덧붙인다. 이것은 빈티지 휴대용 전축이라고.

지금껏 내 주변에 제2의 인생 출발을 이토록이나 적극적으로 기획하고 나서는 학자는 아직 없었다. 단연코 처음이다. 기획한다고 하루아침에 이뤄질 일도 아니니 더더욱 엄두를 못 냈을 수도 있고, 생각이 아예 거기까지 미치지 못했을 수도 있겠다. 하여튼 이번 기획은 '사고'에 가깝다. 그것도 매우 유쾌한 '대형 사고' 말이다. 왜냐하면 자기 자신이나 특정 개인의 유익을 위한 헌정이 아닌, 음악을 아끼고 향유하는 이들에게 건네는 앤티크 전축에 다름 아니기 때문이다.

'내 영혼의 음악'이 퇴직과 함께 불쑥 급조된 기획이 아님을 필진들은 이미 알고 있지만 독자들로선 들은 바 없으니 기발한 기획쯤으로 여겨질 수도 있겠다. 하지만 지난 20년간 지인들에게 매주 또는 격주로 「이종민의 음악편지」를 발송했을 만큼 음악에 조예가 깊을 뿐 아니라, 인간에 대한 의리와 연민과 연대가 일반인으론 상상을 불허할 만한 삶을 살아왔기에 가능한 일이기도 하니, 대한민국에 이런 사고를 칠 수 있는 인물로 어쩌면 유일무이하지 않을까?

이 책, 아니 21세기 최첨단 휴대용 전축 활용법은 다음과 같다.

우선 글을 읽다가 노래에 꽂히면 핸드폰에 QR 코드를 찍는다. 저작권에 저촉되지 않는 유튜브에서 제공하는 노래를 듣거나 흥얼거리거나 심취한다.

한승헌, 황동규, 임옥상, 장영달, 이동순, 정과리, 김용택, 한보리, 최재봉, 안도현, 정도상, 박두규, 박남준, 유용주, 이재규, 복효근, 안상학, 김해자, 한창훈, 이정록, 유강희, 박성우, 김애란…… 다방면의 필진들이 대거 참여하고 있어 그들의 인생 음악을 흥미진진 엿볼 수 있는데, 편편이 주옥같지만 이 가운데도 특히 놓치지 말아야 할 빼어난 필진을 꼽으라면 다음 네 명을 주저 않고 꼽겠다.

배숙자, 「마음의 황무지를 갈아엎으며」

댄 홀든, 「삶의 필수 조건, 음악」

이혜인, 「다시 좋아하게 된 노래」

이현수, 「세이킬로스의 당부」

눈치챘겠지만 선생의 가족이다.

참고로 댄 홀든은 사위.

내가 선생을 좋아하고 존경하는 건 선생이 외적인 인생만 잘 일군 게 아니라 내적인 삶 밭도 옥토로 일궈냈다는 점이다. 살아보면 알지 않나, 말이 쉽지 그게 얼마나 어려운 일이라는 걸.

고백하거니와 사실 나는 이 책을 읽기 전까진 필진 참여 이외에 어떤 글도 남길 생각이 없었다. 아니, 안 했다. 아무리 오랜 친분이 있다지만 한 개인의 정년 퇴임 자축 기념집까지 따로 언급하기엔 써야 할 글이 너무 많은 까닭이기도 하고, 감정의 과잉이란 생각이 들었기 때문이다. 하지만 받아보고서, 아니 읽고 나서 생각이 바뀌었다. 대충 알리면 안 될 동시대의 소중한 자산이니 알려야겠단 쪽으로 급선회했다.

이 책의 진정한 가치는 평균수명 110세를 코앞에 둔 우리가 삶을 어떻게 꾸려가야 할지 학습할 수 있는 차분한 지침서 역할이 아닐까 생각한다. 필진은 물론이거니와 독자 저마다의 인생 노래를 통해 어제와 현재와 내일을 가만가만 돌아보고 걷고 내다볼 수 있으므로.

끝으로 추천사라지만 이종민론에 다름 아닌 안도현 시인의 글을 남긴다. 아쉽게도 여긴 QR 코드가 없다. 만약 누군가 내게 문자로라도 추천을 바란다면 해금 연주자 정수년의 「그 저녁 무렵부터 새벽이 오기까지」를 권할 것이다. 왜냐하면 20여 년 전, 선생으로 하여금 '음악편지'를 띄우게 한 바로 그 문제의 서곡이기 때문이다. "몇 번이고 다시 들어도 실낱같이 하늘거리는 가녀린 해금의 울림이 저 밑바닥까지 아슬아슬하게 도달해 나의 심금을 울리고 간"다던 누군가의 감흥처럼, 그대의 심금도 그렇듯 미묘하게 휘저어지기를 바라며.

백발이 성성한데 철이 덜 든 소년 같다. 동학백주년기념사업과 전주 한옥마을의 기반을 다진 문화기획자다. 겁나게 술과 음악을 좋아하는 쫀쫀한 에세이스트다. 강한 것 같은데 실은 흐물흐물하다. 취한 것 같은데 어느새 자고 있다. 자고 있는 것 같은데 다시 술잔을 들고 있다. 영문학자 이종민 선생이 이 세상에서 누구와 수작을 부렸고 무슨 일을 참견하면서 지냈는지 이 책을 읽어보니 알겠다. 각각의 필진들은 강호의 고수들이고 이 고수들이 음악에 대한 자신의 기억을 호출하는 글은 그야말로 진수성찬이다. 사발통문을 돌려 그 소중한 것들을 이렇게 한자리에 모을 수 있었던 것은 이종민 선생의 강력한 에너지 때문이었을 것이다. 그이는 사람을 끌어당기는 걸 좋아하고 그 사람들을 어울리게 하는 문화의 힘을 신뢰한다. 그렇게 생성된 힘을 세상에 돌려주고 종내는 멀찍이 물러앉아 고요히 즐기는 사람이다. 이 책은 그이가 평생 몸담았던 대학에서 정년 퇴임을 앞두고 펴내는 기념문집이기를 거부한다. 끝이 아니라고, 이렇게 물러나지는 않겠다고, 여기서부터 다시 시작하자고, 조근조근 우리를 부추기는 책이다.

—안도현 시인의 추천사 전문

매혹과의 동행

"당신 이름의 정희가 무슨 뜻이죠?" 그는 아내가 일본인이어서 한자 이름에 의미가 있다는 것을 안다고 했다. "정희(貞姬)는 정숙한 여성이라는 의미이고 아버지가 붙여준 이름입니다"라고 했더니 대뜸 "아버지가 바람둥이였군요"라고 말했다. 순결과 정숙을 강요하는 것은 일생을 틀에 갇혀서 무사하게 살라는 뜻이라고 덧붙였다. "당신은 한국을 몰라요. 전쟁을 겪은 한국은 딸에게 안전과 평화를 기원하는 것이 당연하죠"라는 내 말에 그는 "위험이 없기를 바라면 무덤으로 가야죠. 거기가 가장 안전한 곳이니까"라며 재차 강요했다.

"당신 안의 으르렁거리는 호랑이를 풀어주세요. 위험이 없으면 아름다움도 없어요."(48쪽)

마케도니아 스트루가에서 열린 국제 행사에 참가한 아미르 오르 시인이 문정희 시인에게 이름의 뜻을 물었던 모양이다. 한자어를 풀이해 대답하자 남성주의 관점의 농담이 되돌아왔고, 그냥 묵과할 수 없었던 시인은 한국 현대사의 비극인 전쟁을 겪은 국가에서의 여성 수난사와 부성애를 짧은 문장으로 일목요연 정리해 들려주었다. 이에 질세라 다시금 말꼬리를 붙잡고서 호랑이 운운 식의 시적 유희가 돌아왔다. 하지만 이스라엘을 대표하는 시인이 말 속의 가시를 몰랐을 리 만무. 아니나 다를까 깊이 기억했던지, 몇 해가 흐른 뒤 텔아비브에서 열리는 '분쟁 국가의 시인들'이라는 행사에 초대함으로써 흘려듣지 않았음을 확인시킨다.

『시의 나라에는 매혹의 불꽃들이 산다』(문정희, 민음사, 2020)는 세계 곳곳에서 열린 문학 행사에 참석했다가 만난 각국을 대표하는 작가들과 나눈 매혹적 우정과 불꽃같은 대화를 정리한 특별한 여행기이자, 낯설기 짝이 없는 공간에서 얻은 문학적 사유와 영감을 정리한 시작 노트이며, 동시에 고독한 일기다. 하지만 그게 전부일까? 아니다. 한 달여에 걸쳐 그치지 않고 쏟아진 원인 미상의 코피 앞에서 휩싸인 죽음의 공포와 눈부신 사랑에 대한 즐거운 상상과 극지의 고립이 주는 자유와 남성 중심의 언어에 대한 깊은 좌절 등을 문자로 기술한 다큐멘터리이기도 하다.

여고 재학 시절 시집 『꽃숨』을 발간하며 시를 쓰기 시작해 현재, 시력(詩歷) 50여 년째 현역으로 활동 중인 시인은 그동안 다수의 시집과 산문집을 출간했고, 세계 11개국의 언어로 번역된 10여 권의 저서가 있으며, 국내 문학상뿐만 아니라 권위 있는 스웨덴 시카다 상을 수상하는 등 한국의 여성 시인 중 노벨문학상에 가장 근접한 인물이라는 평가를 받고 있다. 그만큼 많은 작품이 국제적으로 회자되고 있다는 증거일 테다. 하지만 그녀의 시업을 평가할 때 대중적으로 널리 알려진 작품 말고도 챙겨야 할 부분의 언급이 본문에 있어 몇 줄 옮긴다.

기생이라는 특수 신분 때문에 문학사에서 정식으로 거론되지 않는 기녀 시인들의 시를 모은 『기생시집』 출간이 그것이며, 10여 년에 걸친 각고의 몰두 끝에 자유를 꿈꾸는 유관순을 시로써 부활시킨 장시집 『아우내의 새』 출간이 바로 그것이다. 이렇듯 억압받고 핍박받은 여성 문제에 대한 시적 천착이야말로 동시대를 사는 우리가 간과해선 안 될 값진 문학적 노고이며 향후 문학사에서 심도 있게 다루어짐이 마땅한 시작(詩作) 아닐까?

사실 필자는 독자들이 이 책을 통해 이방인처럼 때론 집시처럼, 또 때론 무국적자처럼 국경을 넘나들고 떠돌며 마주한 세계적인 위상을 지닌 시인들 및 예술인들과의 인연과 거기서 얻은 영감으로 쓴 19편의 시와의 만남에 앞서, "한국문학이 다른 언어권에 어떻게 하면 좀 더 자연스럽게 스며들 수 있을까를 무엇보다 먼저 고민"(11쪽)하는, "민족과 애국을 말하는데 서툴다" 말하면서도 정작 '작가들의 UN'이라는 프로그램에선 「국경」이라는 시를 "반쯤 읽다가 그만 뜻하지 않은 격정이 휘몰아쳐 끝까지 시를 읽을 수 없었"(107쪽)노라 고백하는,

매주 두 번씩 만나 영어 숙련과 한국 문화 및 문학에 대해 학습하던 미국 국적의 이탈리아 사람 빈스로부터 "세상에 태어나 네 시간 내내 나라 걱정을 하는 여성은 처음 봅니다"(95쪽)란 핀잔을 들을 만큼 민족을 온몸으로 살아내는 시인과 긴밀해지길 바라는 마음 간절하다.

"여성의 언어로 쓴 최초의 시"로 기억되길 원한다는 시력 52세의 시인은 지금 이 순간에도 어머니의 언어, 누이의 언어, 딸의 언어, 애인의 언어로 시를 낳고 있을 게다. 쓸쓸이라는 갑옷과, 두려움이라는 방탄복과, 고독이라는 투우사의 옷을 맨살에 친친 두른 채.

물을 만드는 여자*

딸아, 아무 데나 서서 오줌을 누지 마라
푸른 나무 아래 앉아서 가만가만 누어라
아름다운 네 몸속의 강물이 따스한 리듬을 타고
흙 속에 스미는 소리에 귀 기울여보아라
그 소리에 세상의 풀들이 무성히 자라고
네가 대지의 어머니가 되어가는 소리를

때때로 편견처럼 완강한 바위에다
오줌을 갈겨주고 싶을 때도 있겠지만
그럴 때일수록
제의를 치르듯 조용히 치마를 걷어 올리고
보름달 탐스러운 네 하초를 대지에다 살짝 대어라
그러고는 쉬이쉬이 네 몸속의 강물이

---

* 문정희, 『양귀비꽃 머리에 꽂고』, 민음사, 2004.

따스한 리듬을 타고 흙 속에 스밀 때

비로소 너와 대지가 한 몸이 되는 소리를 들어보아라

푸른 생명들이 환호하는 소리를 들어보아라

내 귀한 여자야

고아의 노래

지난해 봄, 수개월간 '가요무대'에 출연했었다. 코로나19 이후 눈에 띄는 일상의 변화였으나 누구도 눈치채지 못한 일이다. 다행인 것은 공중파 방송의 프로그램명을 무단으로 차용했고, 흘러간 대중가요를 매회 다른 곡으로 열창했지만, 그 누구도 표절이나 저작권법을 문제 삼지 않았다는 거다. 하긴 핸드폰을 이용한 엄마와 나, 둘만의 공연이니 외부로 알려질 리 만무했기 때문이기도 할 테다.

요양병원 면회 금지 조치 이후, 뵙지 못하는 날이 길어지자

재롱 잔치 하는 심정으로 사흘에 한 번, 결방 없이 진행하다가 예상치 못한 복병을 만나 난항을 겪기도 했는데, 역병의 장기화가 바로 그것이다. 엄마 젊을 적 애창곡을 부르되 재탕, 삼탕은 하지 말자는 나름의 원칙을 정하고 출발했다가 레퍼토리가 거덜이 나, 이를 어쩌나 난감하기도 했으니 말이다. 게다가 종식은커녕 백신 개발마저 요원해 조기 하차나 종영을 고려함이 마땅했지만 걷지도 못하고 병상에만 누워 우울하게 지내는 엄마를 잠시나마 웃게 해드릴 수 있는 시간인지라 쉽게 그만두지 못했다.

또래들에 비해 흘러간 노래를 많이 아는 편이다. 엄마를 통해 자연 습득한 덕이다. 엄마는 맨정신일 때도 늘 흥얼거리셨지만, 취기라도 오를라치면 감정이 최고조에 다다라 마치 무대 위 가수처럼 열창하곤 하셨다. 전자일 경우 덩달아 기분이 좋기도 했지만, 후자일 땐 어디 숨어버리고 싶을 정도로 창피하기도 했다. 또 더러는 어린 나마저 눈물 콧물 범벅이 될 만큼 절창일 때도 있었다.

이제 와 생각해보니 엄마의 설움에 동화됐던 것 같다. 왜 아니겠나. 딸 하나 딸린 과부, 가난, 타향, 생계형 선술집…… 도망치고 싶은 순간 수두룩했을 자신의 생애를 대변하는 것이었으니 노래는 고해성사이자 고백이고, 넋두리이자 절규였을 터.

맨 첫 선곡은 「사랑은 눈물의 씨앗」.

"엄마 십팔번 좀 불러줘."

"다 까먹었어."

"사랑이 무어냐고 물으~신다~면~ 눈물의~ 씨~이앗이라고 말하~겠어요~ 그거!"

"몰라. 그때가 언젠디."

"에이~ 설마…… 그럼 내가 먼저 부를 테니까 생각나면 따라 해. 어느 날 당~신이 나~를 버~리지 않~겠지요~"

그제야 가만가만, 들릴락 말락 따라 부르신다.

"서로가~ 헤어지면 모두가 괴로워서 울~테~니까~~요."

다인실인지라 민망한지 노래는 모깃소리를 면치 못하는 대신, 자식의 곰살궂음을 자랑하고픈 심사로 추임새와 칭찬은 아끼지 않으셨다.

한번은 패티김의 「초우」를 골랐다.

"가슴~ 속에 스~며~드~는 고독이 몸부~림칠~ 때 갈~길 없는 나~그네의 꿈은 사라져 비~에 젖어 우~네. 너무나 사~랑했기에 너무~나 사~랑했기에~"

도중에 어물어물할지도 몰라 닭머르해안길 산책 도중 파도 소리에 맞춰 딴엔 리허설까지 마치곤 한껏 분위기를 잡고 시작했는데 어쩐 일인지 끝까지 입을 떼지 않으신다. 그러더니……

"오매 겁나게 좋네. 요새 노래여?"

요새 노래난다. 마흔 이쪽과 저쪽의 뜨겁던 시절, 어린 나를 품에 꼭 끌어안고 부르고 또 부르던 노래인데 잊어버리신 게다.

그뿐 아니다. 목포 태생이라 유독 즐겨 부르던 「목포의 눈물」도, 「하숙생」도 「가슴 아프게」도 「꿈속의 사랑」도 가만히 귀 기울여 듣다가 중간중간 추임새에 열심이시다.

"잘헌다 잘혀. 아이고 잘혀. 눈물이 다 나올라고 허네. 아조 잘헌다. 그려그려. 아조 잘혀. 가수네 가수여."

혹시 치매 전조 증상은 아닐까? 근심에 근심인데 다행히도 꼭 그렇지만은 않다는 게 얼마 지나지 않아 증명됐다. 어찌나 감사하던지. 문제의 바로 그 노래「비 내리는 고모령」. 역시나 무심한 듯 선창한.

"어머님의 손을 놓고 돌아설 때에~"

거짓말처럼 따라 부르기 시작했으므로 얼른 입을 다물었다.

"부어엉새에도 우울었다아오오(울먹)~~~ 나아도오 우울어어어었소(울먹울먹)~~"

감정이 북받치셨던지 더는 잇지 못하셔 다시 내가 이어서 불렀는데

"가랑잎이 휘날리는~"에 이르자 노래는 아랑곳 않고 독백처럼

"사랑해. 사랑해. 우리 딸을 많이 사랑해" 하시는 게 아닌가.

결국 그날 완창은 불발.

장기화를 대비해 예닐곱 곡 사전 연습까지 해뒀는데, 지난해 6월로 막을 내렸다. 하나뿐인 여식을 고아로 남겨놓고 91세로 생을 마감하신 게다. 장례는 가족과 외사촌 위주의 가족장으로 하고 싶다는 직계 상주인 나의 바람대로 검박하고 차분하게 진행됐다. 다만 여느 장례식과 다른 점이라면, 근조 화환 가득한 영정 앞에 반원으로 둘러앉아 녹음해둔 생전의 '가요무대' 파일을 재생시켜놓고 그 안의 추임새, 그 안의 숨소리, 그 안의 여전한 웃음, 그 안의 울먹울먹……에 따라 약속이나 한 듯 추임새를 넣고, 숨을 고르고, 깔깔거리고, 흐느꼈다는 점.

지금도 가끔 무심코 핸드폰 단축키를 누른다. 그때마다

"전원이 꺼져 있어 삐 소리 후 소리샘으로 연결되오며 통화료가 부과됩니다."

안내 멘트가 친절하다. 서글프지만 한편으론 아직 낯선 누군가에게 양도되지 않아 다행이란 생각도 든다. 타인의 음성이 들린다면 더는 전화를 걸 수 없으니 말이다.

며칠 전에도 닭머르해안길을 걷다가 두어 번 리허설을 마치곤 전화를 걸어 삐— 신호음이 울리길 기다렸다가 「비 내리는 고모령」을 완창했다. 천국에서 들으시라고.

어머님의 손을 놓고 돌아설 때엔
부엉새도 울었다오 나도 울었소
가랑잎이 휘날리는 산마루턱을
넘어오던 그날 밤이 그리웁구나
—유호 작사, 박시춘 작곡, 현인 노래

코로나19 때문에 슬픈 영화와도 같은 순간을 보냈다. 그땐 참담하기 이를 데 없었지만 화면만 터치하면 엄마와 나눈 정담과 노래와 고백을 무한 재생하며 들을 수 있는 뮤직 박스를 얻었으니 한편으론 다행한 일이기도 하다. 게다가 어떤 재물보다도 더 값진 유산이 됐으니 삭제되지 않게 소중히 간직해야지. 오늘은 생전엔 눈물바람이 될까 봐 답하지 못한 고백을 '소리샘'에 남겨놓아야겠다.

"어머님의 손을 놓고 돌아설 때에~"

사랑해.

사랑해.

나도 엄마를 많이 사랑해.

동백 핀 날*

호적상 모녀지간인 적 없던 여자 무적자로 지내다 통장이 만들어준 행불자 이름으로 반평생을 살다 간 여자 기초수급 탈락될세라 수양딸로 입단속 시키곤 하던 여자 이름 석 자 쓸 줄 모르던 여자 말년엔 잇몸 무너져 죽만 삼키고 골절로 누워만 지내던 여자 그 와중에도 살아보겠다고 약이란 약 종류별로 털어 넣다 오장육부 흐물흐물해진 여자 임종 직전 귀에 대고 다음 생엔 엄마 말고 딸로 만나잔 말에 미약하게나마 고개 끄덕이던 여자 제삼자라 사망신고도 안 돼 시청 민원실 바닥에 주저앉아 꺼이꺼이 울게 만든 여자 내 모든 가난과 한숨과 주눅과 그늘의 원천이지만 내 시의 출발이기도 한 여자 가진 거라곤 나뿐이던 나만 바라보던 천치 같은 여자

---

* 손세실리아, 『녹색평론』 1·2월호 통권 176호, 녹색평론사, 2021. 엄마 떠나신 이듬해 발표.

몇 줌 뼛가루
생전 당부대로 바다에 놓아드리다가
그 뜻 온전히 따를 순 없어
1티스푼 몰래 덜어 와
마당가 동백나무 아래 모셨습니다
이승에서의 마지막 순간
단 한번도 누려본 적 없는 꽃 사치
원 없이 향유할 수 있게 해준 당신께
말문 열리지 않는단 이유로 미루고
미룬 유월의 인사 이제 전합니다
선홍빛 그녀의 재촉이기도 하고요

슬픈 날 기별 주세요
곁에 있겠습니다

우리 시대의 지성,
한국 문학의 품격

휴가 마지막 날이다.

매번 쏜살같기만 하던 육지에서의 일주일이 여느 때와는 달리 꼭 일주일만큼의 속도로 지났다. 후배 김이듬 시인이 기획한 '책방이듬'에서의 낭독회 말고는 약속을 잡지 않은 까닭이다. 산책과 집밥과 휴식에 충실하며 고갈 직전의 체력을 충전시키려 노력한 결과, 만성피로로 인해 자꾸만 바닥으로 가라앉던 무기력한 몸에 생기가 돌고 가뿐해졌다. 이것만으로도 나름 이상적이라 할 수 있는데 그 틈틈, 제법 묵직한 책까지 완독했으니 더할 나위 없는 휴가를 보낸 게다.

『지옥에 이르지 않기 위하여』(염무웅, 창비, 2021)

대부분의 독서가 그렇지만 특히 이 책은 차분하게 읽고 싶고, 또 그래야겠기에 미리 구입해뒀다가 휴가 시작과 동시에 펼쳤다. 어렵고 복잡하고 과하게 전문적이어서 속도가 더디거나 중도에 덮고 싶을 만큼 지루하면 어쩌나 살짝 불안하기도 했지만 다행히 기우였다. 오히려 단숨에 읽혀 한편으론 놀랐을 정도다. 더군다나 제1부의 첫 산문 「그립구나, 조태일!」은 나의 스승과의 추억담인지라 그 각별함은 뭉클하기까지 했다. 그렇게 조태일(1941~1999) 시인을 불러내 앞세워놓곤 문학평론가 천이두(1930~2017), 소설가 이호철(1932~2016), 시인 김규동(1925~2011), 화가 김용태(1948~2014), 미술평론가 김윤수(1936~2018), 자유인 채현국(1935~2021) 등을 차례로 호명한다. 그 다감이 어찌나 깊고 따뜻한지 생의 저쪽과 이쪽의 경계가 문득문득 모호해지면서 활자 속 인물들이 종이 밖으로 걸어 나와 안부를 나누느라 왁자하고 분주하기까지 하다. 마치 생시처럼.

한국 현대사에 또렷한 족적을 남긴 각계 인물들과의 추억을 통해 선생 자신의 지난 시절과도 만나게 되는데 무심결에 밑줄을 긋고 있는 나를 발견했다. 책에 관한 한 결벽하리만치 훼손을 극도로 꺼려 하는 평소 성격과는 판이한 행동인지라 흠칫 놀라 잠시 펜을 놓았다가, 이왕지사 벌어진 일이어서 다음부턴 아예 호기롭게 밑줄 쫙!

가족사로 풀이해낸 정치적 이념에 대한 회고가 그것의 발단인데, 몇 문장으론 요약하기 어려운 한국 정치의 고질적 분열에 대해 이렇듯 쉽고 자연스럽고 생생한 정리를 해냈으니 어쩌면 마땅한 일일지도.

> 할아버지가 외출하고 나면 아버지는 벽에 걸린 이승만 사진을 떼어내고 대신 김구 사진을 걸었다. 그러나 저녁에 돌아온 할아버지는 화를 내며 도로 이승만 사진으로 바꾸어 걸었다. 다음 날도 같은 일이 반복되었고, 그러다 보면 그것이 부자간의 격한 시국 토론으로 이어지기도 했다. 돌이켜보면 그것이 나에게는 최초의 살아 있는 정치 교육이었던 것 같다.(87쪽)

생각지도 못한 보약을 복용한 기분이다. 화로 속 불씨 뒤적여가며 창호지 덮은 옹기 약탕기에 공들여 은근히 달인 보약 말이다. 그것도 한두 첩이 아닌 한 재, 심지어 어지간히 큰맘을 먹지 않고선 엄두도 못 낼 녹용까지 들어간.

선생의 팔순을 기념해 창비에서 기획, 출간한 이번 산문집을 두고 문단 선후배들과 오랜 날 동지의 길을 걸어온 벗들과 제자들의 축하가 이어지는데, 정작 선생 자신은 문학평론을 업으로 하면서 비평집이 아닌 산문집을 묶어낸 일에 대해 면구스럽다 했다. 하지만 내 생각은 정반대다. 문학과 문학인으로서의 자세, 한반도 분단, 동아시아 평화 체제의 건설과 정착에서 한국의 역할, 지구가 처한 전면적 위기 등에 관한 도저한 견해를 평소 어투처럼 나직나직 다감하게 풀어내고 있어 마치 모 방송사의 인기 프로그램 「차이나는 클라스」를 활자로 만나는 기분이니 대환영일밖에. 이쯤에서 다시 밑줄.

지난 반세기 동안의 엄청난 외형적 발전에도 불구하고 우리들의 감정과 정신이 날로 저열하고 황폐해진다고 느껴지는 것은 다들 '마음의 정처'를 잃어버렸기 때문이 아닐까.

예로부터 항심(恒心)의 근거가 항산(恒産)이라 했는데, 이때 '항산'은 단지 일정한 재산만을 뜻하는 것이 아닐 것이다. 인간에게 '한결같은 마음'의 가능성과 기반을 보장해주는 조건들, 가령 실직을 하거나 중병이 들어도 생계가 통째로 무너지지는 않으리라는 보장, 동료와 이웃이 느닷없이 칼을 들고 달려들지는 않으리라는 믿음, 힘들거나 지쳤을 때 가족과 친구의 위로가 있으리라는 기대, 6·25 전쟁 같은 사태가 돌연히 일어날 리 없다는 확신, 이런 것들이야말로 우리에게 삶의 지속을 담보하는 사회적·심리적 '항산'일 것이다. 실존주의자들이 말했던 이 우연히 '던져진 땅'에서 그래도 미치거나 자살하지 않고 끝까지 살아내자면 그런 '항산'의 지속적 확보가 필수적이다. 그 가능성을 일상생활 속에서, 즉 현존하는 주변의 생활공동체 안에서 구할 수 있어야 하고 또 그렇게 구하는 것이 옳은 방법이라고 나는 생각한다.(143쪽)

생각지도 못한 서명본이 도착했다. 같은 책을 두 권이나 갖게 된 게다. '챙길 인연이 넘칠 텐데 나까지?' 하면서도, 아니 그래서 더욱 감동해 그동안의 무심을 자책하며 전화를 드렸다. 말이 무심이지 실은 어렵다는 이유로 시도 자체를 안 했다는 게 옳다. 여하튼 이번 통화가 나로선 어마어마한 용기였던 셈. 근황이야 페이스북을 통해 자주 접하고 있으니 생략하고 팔순 축하 인사를 드렸더니 "아이쿠!" 하신다. 문단 데뷔 초기엔 간혹 행사장에서 뵙기도 하고, 수도권 문인 몇으로 구성된 목요산행팀과 영남대학에 재직 중인 문인(우리끼린 영남학파라 명명) 몇이서 함께한 소백 산행 기억도 소환하다 보니 성큼 뵙고 싶어져 적당한 때 뵙기로 하고 통화를 마쳤다.

예리하지만 다감하고
엄격한 반면 유연한
우리 시대의 스승, 아니 우리 시대의 동무

350년 만에 속 후련하게 밑줄 그으며 읽었다. 그것도 세 번씩이나. 그런 다음 혼자 읽고 말기엔 너무 귀하고 아깝다는 생각이 들어서 두루 추천하려고 출판사에 주문을 넣은 후 선생님께 서명을 부탁드렸다. 보통은 저자의 이름이 들어간 서명본을 진행하는데, 이번엔 오지랖이 심하게 발동해 독자들의 이름까지 욕심을 부렸다. 특별한 소장 기회를 선물처럼 나누고 싶은 까닭에서다. 물론 SNS를 통해 사전 예약 공지를 띄운 다음 명단을 취합해둔 터라 가능했던.

놀랍게도 70여 명이 구매 의사를 밝혔다. 대형 서점도 아닌, 그것도 우편료마저 본인이 부담해야 하는 조건인데 개의치 않고서 말이다. 혹자는 진심과 전심을 담아 이 책의 가치에 대해 포스팅한 결과라고들 하지만 나는 안다. 옮겨놓은 밑줄 부분을 통해 책의 일부나마 일별한 독자들의 혜안임을.

발송하고 열흘쯤 지났을까? 창원 마산에 살고 있는 S선생으로부터 문자 한 통이 도착했다. "염무웅 산문집 두번째 읽는 중입니다. 시인님 덕분에 한곳에 편중됐던 독서의 폭이 확장되고 있어 고맙게 생각해요. 진정한 아름다움을 위해 꾸준히 공부할 테니 계속 수고해주세요"라는.

난 다만 귀한 책을 소개했을 뿐인데, 저자가 받아야 할 인사를 대신 받은 게다. 이 문자를 어떻게든 전해드려야지.

2부에서 4부까지는 시대적 고통, 갈등, 비극, 비전 등을 담은 지식인으로서의 문제의식이다. 그것은 '용산 참사'에 대한 참담한 심경과 진실 규명 촉구, 남과 북 예술가의 판이한 사회적 존재 방식, '마음의 정처'를 상실함으로써 날로 저열하고 황폐해가는 우리들의 감정과 정신, 자유로운 삶과 일상의 안식을 담보하기 위한 가치로서의 평화, 남북 관계뿐만 아니라 문학인들을 향해 "우리의 순수했던 영혼이 떨며 시작했던 그 가난한 자리로 복귀해"야 한다고 설파함과 동시에 비정규직 노동자, 청년 실업자, 노인과 장애인, 이주 노동자들, 무주택자들의 절망을 대변하는 것이야말로 진정한 문학임을 강조하기도.

특히 유익하고, 또한 배움이 컸던 부분은 「독일 통일의 경험이 가르쳐주는 것」이었다. 독일과 베트남이 통일을 이루고 난 다음 지구상 유일한 분단국가로 남은 한반도의 통일 문제가 두 국가보다도 더 복잡하다는 점과 통일로 가기 위해선 "각자 자기가 사는 사회의 역사적 · 문화적 성숙을 요구한다는 점에서 쉬운 일이 아"님을 강조한다. 더불어 독일의 음유시인이며 구동독의 반체제 저항시인인 볼프 비어만이 중앙대 김누리 교수와 나눈 인터뷰(김누리 지음, 『변화를 통한 접근』, 한울, 2006)에서 밝힌 경고성 발언 중 '지옥에 이르지 않기 위하여'를 책의 표제로 삼기도 하고, 성찰을 요하는 부분을 인용하기도 한다. 물론 그 일부도 밑줄.

> 남북한의 통일이 낙원을 가져오리라는 믿음이 아니라, 지옥에 이르지 않게 하리라는 희망은 천상적이고 이상적인 것이 아니라 지상적이고 현실적인 것에 근거를 두고 있습니다. 지상을 천국으로 만드는 것이 아니라 지옥에 이르지 않게 하는 것이 이제 나의 희망이라는 말입니다.(239쪽)

양서는 양서를 부른다.

거창한 말 같지만 남의 말을 빌려온 게 아니라 평소 나의 독서 지론이다. 배움이 많고 어떤 식으로든 유익한 책은 거기 자주 언급되는 저자나 인용된 저서에 대한 호기심을 불러일으킨다는 것, 그리하여 책이 다른 책을 초대한다는 것. 내 경우엔 두 권의 책을 구매했다. 위에서 언급한 『변화를 통한 접근』과 리하르트 폰 바이츠제커 회고록 『우리는 이렇게 통일했다』. S선생이 말한 사고의 확장이 내게도 해당되는 순간이니 『지옥에 이르지 않기 위하여』는 양서임에 틀림없다.

바야흐로 110세 인생이다.

선생의 나이 여든이니 세상에 내놓을 저서가 아직 몇 권은 남아 있으리라 믿는다. 다음엔 어떤 생각을 담아낼지 벌써부터 두근두근 고대하며 그은 마지막 밑줄.

평화와 민주주의, 민족적 자주와 사회적 평등이 한반도 전역에 걸쳐 실질적으로 구현되는 진정으로 바람직한 상황을 통일이라 할 때, 그것은 어떤 극적인 한순간의 감격이라기보다 일상적 실천과 자기희생을 동반한 점진적 성숙의 현실적 축적일 것이다.(394쪽)

나만
알고 싶은 곳

공간을 꾸린 지 어찌어찌 10년을 넘겼다. 주위 반응도 그렇지만, 내가 생각해도 기적 같은 일이다. 때론 무언가에 의해 끌려갔고, 때론 안간힘을 다해 끌고 왔다. 돌아보면 둘 다 내 능력 밖의 일이었음을 시인하지 않을 수 없다. 나는 '백년누옥'이 부리는 마술이라 은유적으로 표현하곤 하지만, 그 말 속엔 이곳을 생명체처럼 아끼고 보듬어준 이들의 한결같은 격려가 담겨 있다. 시를 쓰지 않아도 시로 살아내는 사람, 저들은 어쩌면 나보다 더 여길 아끼는지도 모른다. 경영이나 책임으로부터 해방돼 차 한 잔 값이면 공간의 안락과 고요를 만끽할 수 있으니 당연한 일일지도. 그나저나 10년이라니!

"여길 모르는 사람은 엄청 많지만, 한 번만 오는 사람은 없어요."

첫 방문인데 다시 올 것 같다, 말하는 이들에게 들려드리곤 하는 우스갯말이다. 하기야 10년을 이어오는 동안 실제로 그런 인연 수두룩하니 아주 빈말은 아닐 터, 서로 마주 보며 까르르 웃는다. 그렇게 다녀간 이들 일부가 자신의 SNS에 사진과 함께 남긴 후기를 몰래 훔쳐볼라치면, 마치 사전에 입이라도 맞춘 듯 거의 흡사하다.

"나만 알고 싶은 곳을 발견했다. 그런데 자랑하고 싶기도 하고. 어쩌지?"

두어 번 다녀간 이들조차 헤매기 일쑤인 이곳까지 꼬박꼬박 찾아오는 걸 보면 필시 고즈넉함이 지켜지길 바라는 염원 간절할 테다. 왜 안 그럴까, 나도 그렇거늘. 하지만 한편으론 쓸

쓸히 읊조리기도 한다.

'혼자만 알면 조용해서 나도 좋은데, 얼마 못 가 문 닫아요.'

한때 핫 플레이스로 알려졌던 적이 있다. 입소문을 타고 찾아온 TV 인기 프로그램에 몇 번 방영된 탓(덕)이다. 아침이면 골목이 주정차 차량으로 진풍경이 되었고, 대문 대신 걸어둔 정낭 앞은 연일 20여 명씩 줄을 서서 대기하곤 했다. 오죽했으면 당시 촬영감독이던 이가 10여 개월 후 방문했다가 변화된 분위기와 녹초가 된 나를 보고서 이렇게 말했을까.

"추가 촬영차 첫 비행기로 급하게 방문했던 날, 잔디 마당 나무 탁자에 앉아 시집을 읽고 계시던 모습이 아직 생생한데 그 소소한 행복을 지켜드리지 못해 죄송합니다. 예상은 했지만 이 정도일 줄은 몰랐거든요."

진심이 느껴졌다. 상대에 대한 이런 지극함이 시청자의 감동을 자아내는구나 싶어 웃으며 대답했다.

"괜찮아요. 지금은 다소 어수선하고 힘들지만 다음 단계로 서서히 이동해 조만간 원래의 모습을 되찾을 거예요. 그래서 방문하는 분들께 일일이 설명드리곤 해요. 저는 가끔 여기 다녀간 윤후라는 아이를 천사라 생각할 때가 있어요. 한쪽 손엔 어마어마한 물질, 한쪽 손엔 시를 쥐고서 다녀간 거라고요. 문제는 둘 중 하나만을 선택하라는 건데 저는 후자 없인 안 되는 사람인 걸 이번에 확실히 깨달았으니, 그럼 더 이상의 고민은 무용한 거잖아요. 그러니 미안해하지 않아도 돼요."

일과를 시작하기도 전에 진이 빠져, 아니 겁에 질려 문을 열지 못한 날도 있었음을 늦었지만 고백해야겠다. 다시 말해, 그대와 내가 지금 누리는 고요는 이러함의 반복 결과 지켜낸 덕목이니 주저 없이 만끽하시길.

이제까지 기억에 남는 손님을 꼽으라면 열 손가락을 열 번 모았다 펴도 모자랄 정도지만, 이럴 때마다 버릇처럼 최근 겪은 일을 우선적으로 말하곤 한다. 불과 달포쯤 전의 일이다.

여행 마지막 날, 렌터카 반납 시간도 빠듯한데 여길 꼭 보여주고 싶어 하는 여고 동창을 따라오면서 속으론 '카페가 거기서 거기지, 참 유별나네' 투덜댔노라던 여성. 들어선 순간 기를 쓰고 데려온 이유를 알겠더라며 좋아하더니, 테이블에 비치해둔 내 산문집을 팔랑팔랑 넘기다가 구입 여부를 물었다. 책방을 겸하고 있다는 건 미처 파악하지 못한 듯해 책방이기도 하다며 친절히 대답했더니 사인을 부탁하곤, 행여 틀리게 적을세라 또박또박 이름을 불러주며 묻지도 않는 말을 보탠다.

"남편에게 선물하려고요. 혼자 여행 떠나와서 미안하기도 하고……"

"남편분이 책을 좋아하시나 봐요."

"네, 좋아할 거예요."

좋아해요, 가 아닌, 좋아할 거란다. 어쩐지 서늘하다. 사인을 하다 말고 그녀를 올려다봤다.

"그 사람 3년 전에 세상을 떠났어요. 오래 아팠거든요. 내가 보고 싶어 하는 만큼, 그이도 우리 사는 게 궁금할 것 같아 밴

드도 만들었답니다. 아이들 사진과 제 일과를 주로 올리죠. 이곳 사진도 방금 올렸고요. 놀라셨다면 죄송해요."

그녀가 구입한 내 산문집 『그대라는 문장』 표지엔 본문 「첫사랑」의 두 문장이 적혀 있는데, 바로 그 부분이 그녀를 움직였다 했다.

기억 속의 사람이 울컥 보고 싶어질 때가 있다. 속수무책 그리울 때가 있다.(280쪽)

김경환 선생님을 향한
의준·형준의 공경과
승경님의 다함없는 사랑을
대신 전할 수 있어 기뻐요

"와— 우리 세 식구의 마음이자, 그이가 가장 듣고 싶어 하는 말인데 어떻게 아셨어요? 시인은 무당이라던데 맞는 말인가 봐요. 농담이고요. 남편에게 선물할 기회를 주셔서 정말 고맙습니다."

그녀를 태운 전기차가 시야에서 사라질 때까지 한참을 우두커니로 서 있었다. 온통 먹먹하고 막막해서 아무 일 없었던 듯 획 돌아설 수 없었기 때문이다. 어쩌면 고갤 주억주억하며 깊은 한숨도 내쉬었지 싶다.

삶과 죽음의 경계를 지우는 지극한 사랑이 아직 존재하는구나. 이런 부모 슬하의 자녀는 사랑의 힘도 어마어마하겠구나.

만약 글을 쓰지 않았다면, 게다가 책방을 운영하지 않았다면 닿지 못했을 인연이 있다. 바로 이런 경우가 그중 하나다. 진심 어린 고백을 생의 이쪽에서 생의 저쪽으로 대신 전달하는 일, 아무나 할 수 있는 일은 아니지 않은가. 그러니 천번 만번 생각해도 축복 맞다.

첫사랑*

첫사랑은 순금과도 같아서
숱한 세월에도 퇴색되는 법 없고
곤궁할수록 진가를 더한다

세상 어떤 마음이 이토록
소슬바람 한 자락에도
놀라 파르르 떠는
아기 새의 가슴 같을까
수천수만의 문장을 짓고도
끝끝내 열리지 않는 말문 같을까

긴 밤 뒤척임
응답 없는 화살기도

---

* 손세실리아, 『꿈결에 시를 베다』, 실천문학, 2017.

누구도 피해 갈 수 없고

누구에게나 영구한

오직 한 사람을 향한

죄 없는 맹목

사랑과 토마토와
물거품과 장미를 노래하라

자카리아 무함마드는 1950년 팔레스타인의 나블루스에서 태어났다. 팔레스타인뿐 아니라 아랍권 전체에서 주목받고 있으며, 서양에도 자주 거론될 만큼 빼어난 시인이다. 또한 '마흐무드 다르위시 상'의 수상자다. 이 상은 인류의 문화 창달 기여도를 감안해 엄정한 심사를 거쳐 최종 수상자를 내는데 2020년엔 미국의 사상가 노암 촘스키와 모로코의 시인 압델라디프 라비가 자카리아와 공동 수상해 화제를 모으기도 했다. 그는 시인임과 동시에 저널리스트이자 소설가이기도 하고 화가이자 조각가이며 사상가인데 그동안 한국어로 번역된 시는 몇 편 되지 않아 시집이 나오기만을 학수고대해오던 차 최근 도서출판 강의 한국문명교류연구소 예술총서의 첫번째 책으로 출간됐다는 소식을 접하곤 만사 제쳐두고 정독했다.

사실 '내 인생을 뒤흔든 이 한 편의 시'는 내게 없다. 아니 너무 많다. '한 편'이라 못을 박을 만큼 인생에 절대적인 영향을 끼친 시가 얼른 떠오르지 않기 때문이기도 하지만, '한 편'이라는 조건으로부터 자유로워지면 떠오르는 시가 한둘이 아니기 때문이다. 왜냐하면 나의 경우, 이런 시는 과거이기도 하지만 '지금, 여기!'이기도 하고, 아직 만나지 못한 미래의 시일 수도 있겠기 때문이다. 각설하고 최근 내 영혼을 뒤흔든 시가 있으니, 그것은 바로 자카리아가 들려준 「접시」(자카리아 무함마드 시집, 『우리는 새벽까지 말이 서성이는 소리를 들을 것이다』, 강, 2020)이다.

아침에,
내 삶의 콩꼬투리를 접시에 턴다.
접시에 모아진 콩을

사람들이 가져간다.

지나가는 사람마다 한줌씩 집어 들고
가버린다.

저녁에,
나는 의자 사이를 무릎으로 긴다.
그들의 손이 흘려버렸을지도 모를 콩 한 알 찾아
내 인생을 맛보여줄 한 알을 찾아서.
—「접시」 전문

이 시는 인생을 하루로 잡고, 여정을 접시에 콩꼬투리를 터는 일에 비유하고 있다. 꼬투리에서 벗어난 콩이 접시에 모아지면 가까운 이들이 가져가는데, 심지어 지금껏 자신과 그다지 유관하지 않던 이들마저도 한 줌씩 챙겨 가버려 정작 내 몫의 콩은 한 알도 남아 있지 않다.

막상 저녁이 되어서야 깨닫게 된 콩의 부재. 그제야 나 자신은 맛도 보지 못한 콩을 찾으려 수북이 쌓인 콩꼬투리를 헤집

어봤으리라. 털지 않고 실수로 던져버린 게 있을지 모른단 생각에 사방 두리번거리기도 했을 테고, 접시 밑도 살폈으리라. 없다. 방법은 하나! 의자 사이를 무릎으로 기는 수밖에. 누군가 한 알쯤은 흘리고 갔을지 모를 터. 콩꼬투리 터는 일에 전생을 걸고 매진한 나 자신에게 적어도 생애 한 번은 내 인생의 맛을 보여주는 게 나에 대한 예의이자 예우일 것이므로.

언젠가부터, 나는 스스로에게 다짐시키곤 한다. 어떤 일을 하건 나 자신을 거기 통째로 갈아 넣지는 말라고. 최선을 다하지도 말라고. 깜냥껏, 적당히, 차선으로 임하라고. 좌우도 둘러보고, 앞뒤도 바라보고 돌아보며, 하늘도 우러르고 굽이진 길에서 길 잃고 헤매기도 하면서, 그렇게 살라고. 이제는 그래도 된다고.

어떤 일이든 과한 헌신을 경계하고, 누구보다 자신을 우선 돌보라고. 그리하여 생의 저물녘에 적어도 콩 한 알을 찾기 위해 의자 사이를 무릎으로 기는 일은 없게 하라고.

자카리아는 시를 쓰기 시작했을 때 시와 자신과의 관계가

결코 간단치 않았음을 산문을 통해 언급하고 있는데, 그 첫번째는 "이 세상의 시에 내가 무엇을 더할 것인가?"이고, 두번째는 "사회와의 관련성"이었노라 고백한다.

어떻게 하면 기존의 아름다운 시보다 더 잘 쓸 수 있을까?

어떻게 써야 영향력이 있을까?

둘 다 자신 없는 일이었기에 심한 좌절감에 시달려야 했으며, 불확실한 시의 열매를 잡고 싶은 지나친 염원으로 '차라리 시를 쓰느니 토마토를 심는 게 낫지 않을까? 그러면 몇 달 후엔 열매를 볼 수 있고, 과즙을 맛볼 수 있으니 시보다야 낫지 않겠어?'라는 투로 혼잣말을 읊조리기까지 했을 정도였단다. 하지만 토마토 재배와 시 가운데 시의 길을 선택한 덕에 오늘 우리는 그가 써낸 시의 세례를 만끽할 수 있으니 얼마나 다행한 일이며 감사한 노릇인지.

그의 많은 시는 빨간 토마토를 한입 베어 무는 기분으로 다가오기도 한다. 상큼한 과육이 입안에서 툭툭 터지고 입술 밖으로도 주르륵 흘러내리는.

자카리아와는 2004년 한국작가회의에서 주관한 '아시아 젊은 작가와의 만남'에서 인연이 됐는데 서울, 광주, 부산, 경주, 제주에서 열린 '평화와 연대에 대한 심포지엄'에 김남일(소설가), 오수연(소설가)과 동행하면서 친근해졌다. 그는 강연과 시 낭독과 인터뷰를 통해 모국이 처한 상황에 대해 시종일관 차분하고도 진정성 있게 전달했으며, 전쟁 국가에서의 시인의 소임에 대해서도 부드럽고 담담하게 들려줬다. 무엇보다 놀랐던 건 그의 문장과 발언 하나하나가 노래이자 기도이자 시라는 점.

내가 물었다.

"최근 나는 미군 장갑차에 압사당한 여중생과 이라크 무장단체에 납치돼 피살당한 청년의 추모시를 썼어. 그뿐 아니라 도무지 개선되지 않는 정치적 모순과 참담함을 시로써 발언하기도 했지. 그런데 말이야, 실은 이런 절망 말고 당신처럼 사랑과 토마토와 물거품과 장미를 노래하고 싶어. 그런데 그게 쉽지가 않아. 어떻게 사는 게 옳을까?"라고.

그가 답했다.

"나는 전쟁 국가에 살지만 전쟁을 깊이 생각할 겨를이 없어. 전쟁에 대해 생각하려 하면 또 다른 전쟁이 일어나거든. 늘 그래왔지. 전쟁은 나와 우리 민족의 현실이니까. 전쟁을 선택할 것인가 장미를 선택할 것인가의 차이에서 나는 늘 갈등해. 그렇지만 그건 곧 하나야. 그러니 고민하지 마"라고.

전쟁과 테러가 일상인 나라에서 온 슬픈 시인에게 이런 걸 고민이라고 토로하다니. 이런 무지라니. 이렇듯 탱크와 포성으로 점철된 열사의 땅에 살면서도 영혼엔 드넓은 장미 화원을 가꾸며 살아가는 그로 인해 전쟁 국가에서 왔으니 당연히 전투적이고 비애적일 거란 사고가 얼마나 위험천만한 편견이며 억측인지 단 사흘간의 동행으로 깨닫게 된 게다. 이후로 수개월 만에 다시 내한했지만, 도저한 사유와 심오한 지성을 묻고 귀 기울이기엔 나의 영어가 짧아도 너무 짧아 아쉽게도 내내 겉돌기만 했던 쓸쓸한 기억.

스스로를 "제주도 출신, 김작(Kim Zak)"이라 소개하는 유쾌하고 온화한 눈빛을 한 아랍 시인의 『우리는 새벽까지 말이

서성이는 소리를 들을 것이다』엔 이 시 말고도 함께 나누고픈 절창이 많다. 이 가운데 어떤 시는 누군가의 인생을 뒤흔든 시 반열에 들 테지. 지금 나를 뒤흔든 이 한 편의 시처럼.

나는 지금 꿈을 살고 있다

말이 책방이지 가짓수만으론 170여 종에 불과하고, 카페의 일정한 공간만을 할애하고 있어 처음 방문한 이들은 공간의 정체성에 고개를 갸웃하곤 한다. 이곳의 변화 과정을 지켜본 단골들에겐 익숙하지만, 초행으로선 어쩌면 당연한 반응일 테다. 게다가 책의 구성도 대형 서점에서조차 기피하는 시집이 80퍼센트인 반면, 산문 · 소설 · 그림책 · 화집 등은 고작해야 20퍼센트에 지나지 않으니 대중성과도 거리가 멀다.

본업이 시인인지라 동료 문인들이 서명해서 보내주는 신간을 비교적 재빨리 받아보는 홍복을 누리곤 하는데, 일독을 마치면 서가로 직행하는 대부분의 책과는 달리, 극히 일부는 곁에 머무르면서 무어라 자꾸 말을 걸어오곤 한다. 이를 여운이라 할까? 물론 후자의 경우가 입고에 결정적으로 작용한다. 시집 30부가 소진되기까지 평균 3~4년 걸리던 초반과는 달리, 지금은 더디게나마 단축됐으며, 심지어 여기 없는 시집의 마중물 역할로까지 이어지는 광경을 왕왕 목격하기도 한다. 어떤 지원책으로도 회생시킬 수 없을 지경에 이르렀다고들 하는 와중이니 기적이랄 수밖에.

성업이던 11년차 카페 한편에 책방을 겸한 지 7년, 비록 통장은 바닥이지만 창고에 쌓인 보유 도서만큼은 전국 어느 책방과 비교해도 뒤지지 않는다는 자존과 자긍으로 충만한데, 올봄부터 고민이 생겼다. 걸음을 옮기기 힘들 정도로 포화 상태에 이르게 된 것이다. 하여, 타결책을 궁리하다가 기존 출판사와 온라인 서점의 마케팅이 따라오지 못할 전략을 세워 SNS에 공지했던 것인데, 그것이 의외의 호응을 얻어 창고가 헐거워지는 효과로 이어졌다. 거대 자본의 독자층 상대 마케팅이 두루뭉술하다는 허점을 간파하고 있었기에 역공세를 펼쳤던 것인데 그것이 주효했지 싶다. 일테면 기존 도서를 활용해 독자의 연령과 기호를 구체적으로 세분화한 점이 책에 진심인 독자들의 마음을 사로잡고 움직이게 했던 것.

그렇다고 온라인 서점이나 특화된 대형 서점처럼 수천 부 이상의 움직임이 있는 건 아니다. 기획부터 전달까지의 전과정에 품이 많이 들기 때문에 대부분을 5권 묶음, 30세트 한정으로 진행하는데 훗날 소장 가치를 감안해 저자의 친필 서명은 기본이고, 청소년에겐 손글씨로 쓴 엽서와 시를 동봉한다. 이외에도 과부하가 걸릴 만큼의 정성을 쏟곤 하기에 포장을 마치고 나면 손가락 관절과 허리가 욱신거려 끙끙 앓기도.

그때마다 '이 일을 왜 하지?' 싶다가도, 속속 전해오는 인사를 받노라면 어느새 온전해져 머릿속은 벌써 다음 기획을 구상하기도.

책방은 책방인데 독특한 방식으로 운영하고 있다. 카페 수익 없이는 불가능해 아예 카페 이용자 전용으로 못 박은 것이다. 맛집 순례하듯 우르르 몰려다니며 공간의 고즈넉함을 해치거나, 인증샷 남기기에 급급해 무례를 범하는 일부 여행자들 때문에 세운 방침이기도 하다.

이렇게까지 하면서도 책방을 포기하지 않는 이유가 뭐냐고?

답은 의외로 단순하다.

책이 좋아서!

내가 아는 몇몇 책방 주인들도 사정은 크게 다르지 않다. 책 판매가 가족의 생활비와 책방 운영비를 충당할 만큼의 수익 창출로 이어지지 못하는 까닭에 벌이가 되는 잡다한 일을 마다 않는 게다. 지금 이 순간에도 어느 책방에선,

피자 도우를 반죽하고
샌드위치와 샐러드를 만들고
천연발효 캄파뉴를 굽고
공정무역 원두로 커피를 내리고
친환경 과일청을 담고

문화예술 프로그램 기획서를 작성하고
글쓰기 교실을 운영하고
각 지원 사업의 보고서를 쓰고
번역하느라 철야를 하고
공간을 대여하고
시간강사와 언어치료사와 에디터 등으로
총총걸음이다

이렇게 번 돈으로 서가를 채워놓고 흐뭇해하는
이상한 나라의 앨리스들이 바로 책방 주인인 거다.

이처럼 하는 데까지 최선을 다해 버텨내다가 몇몇은 소리도 없이 슬그머니 폐업을 하고 독자로 돌아가는 게 '동네 책방'이 현재 처한 솔직한 실정이기도 하다. 하오니 당부하건대 제발이지 동네 곳곳에 있는 책방을 맛집 순례하듯 우르르 몰려가 호들갑 떨지 말기를, 다짜고짜 카메라 들이대며 무례하게 굴지 말기를, 도서관이나 대형 서점이 아님을 명심해 완독은 지양하시길.

방금 페이스북에 이런 메시지가 도착했다.

“지독한 활자중독자인데 몇 해 전 시력에 이상이 생겨 책을 읽을 수가 없게 됐어요. 그러던 중 시인님이 운영하는 책방을 발견해 오랜만에 읽기에 심취했답니다. 이런 행복이 얼마 만인지. 아름답고 향기로운 책방을 지켜주셔서 고맙습니다.”

책방은 어린 시절부터의 꿈이었고, 나는 지금 그 꿈을 살고 있다. 그것도 이렇듯 나의 책 편애를 편애해주는 이들과 더불어. 그러니 앞으로도 기꺼이, 신나게 책!

작가의 말

삼백칠십여 개의 크고 작은 오름과
생태계의 허파인 곶자왈과
잦은 강풍과
검은 돌로 에워싸인 집과 밭과 무덤
그리고 삼천육백여 명의 해녀와
만 팔천여 신(神)과
소멸 위기에 처한 매혹적인 방언과
정명(正名)되지 않아 슬픈 무자년 광풍의
제주에 산다
어느 날의 돌연한 입도(入島)가
그새 십일 년째다
출생으로 주어진 고향을 제외하면
가장 오랜 정주이니

자의로 획득한 고향이랄 수 있겠다
여기서 나는
사철 피고 지는 꽃과 철새와 갯것과
세상 멋진 길고양이 랭보와
다감한 삽화로
글에 생기를 불어넣어준 딸아이 율과
섬살이 중이다
아니 꿈을 노래하고 있다

담담하고 덤덤히 부르는 이 노래를
혼자 먹는 밥 챙겨준 시절 인연과
태풍 때마다 섬집의 침수를 염려하는
육지의 벗 그리고
꿈을 꿈꾸는 고단한 이들과
내 시의 무한 권력인 독자들께 바친다

제주섬 조천에서
손세실리아

본문 수록 일러스트 저작권자

* 니모 : 23쪽

* o_pond : 15쪽, 43쪽, 58쪽, 62쪽, 100쪽, 112쪽
120쪽, 121쪽, 166쪽, 175쪽, 190쪽

섬에서 부르는 노래

1판 1쇄 발행 | 2021년 11월 30일
개정판 1쇄 발행 | 2023년 8월 30일

지은이 | 손세실리아
펴낸이 | 정홍수
편집 | 김현숙 이명주
펴낸곳 | (주)도서출판 강
출판등록 | 2000년 8월 9일(제2000-185호)

주소 | 서울시 마포구 동교로 17안길 21(우 04002)
전화 | 02-325-9566
팩시밀리 | 02-325-8486
전자우편 | gangpub@hanmail.net

값 17,000원
ISBN 978-89-8218-323-2 03810

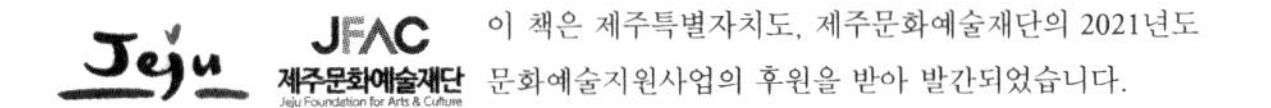

이 책은 제주특별자치도, 제주문화예술재단의 2021년도 문화예술지원사업의 후원을 받아 발간되었습니다.